河出文庫

新しいおとな

石井桃子

河出書房新社

もくじ

新しいおとな

私の読書

いつごろから読書のたのしみというものが、人生にはいってくるのだろうか。

私のごく最初の「本」の記憶は、こたつで一ばん上の姉のひざにだかれて眺めた「舌切りスズメ」であった。私の六つのとき、この姉は嫁いでいったから、これは、たぶん五つのときのことだったろう。

私は、もちろん、字が読めないから、これは本を読むというよりも、絵をみたことになるのかも知れないが、それでも私の興味は、あくまでも、動かないおばあさんの手の中のハサミなどにあるのではなくて、動く物語、ドラマにあった。

あるページには、おばあさんと、そのそばに小さいスズメがいる。それから、姉の手がページをめくると、そこには、おじいさんとおばあさんだけが立っていて、スズメはいない。そのときの私の悲歎。私は、まがってくる唇をどうすることもできない。姉の物語りはどんどん進んでゆくのに私は空遠くとんでいった小さいスズメのことを考えて、胸がつぶれるばかりだった。がまんにがまんをかさねたあげく、とうとうどっと涙を流して、びっくりされたことがあった。

こういう本におぼえた興味シンシンさは、いま、いい本にぶつかって喜ぶときの気もちと、たいしてちがわないような気がするのに、五つの私といまの私の間には、昔流に言えば、人生の大半が流れ去ってしまっていることを思うと、まったく人生は夢のまだと思えないことはない。

私はいつも本がすきだった。そのくせ、私はおどろくほど僅かの本しか知らない。文学入門書などにあげられる古今の名著をほとんど読んでいない。どうも幅のせまい私の頭脳には、たくさんの本がはいる余猶がないらしい。それには、ごく僅かな友だちしか持たず、それでけっこう満足していることと、どこかで関連しているらしい。

子どもにとって、絵本とは何か

ごくふつうにいって、ひとりの人間の一生に、本がはいりこんでくるのは、いつごろからだろうか。ずっと以前は、ごくばく然と、二歳くらいかと、私は考えていた。けれども、ここ数年、小さい子どもたちを身辺に集めてみたり、または、幼い子どもたちをもつ親たちの話に気をつけたりしているうち、いまの世の中では、もっとずっと早くから本がはいってくる場合もあるということを発見した。

もちろん、子どもの世界に一ばん早くはいりこんでくる本——やぶいてたのしんだり、切りぬいたりするというようなことでなく、子どもたちが本気で見たり、読んだりするものとして——は絵本である。

そして、また、これも、子どもとつきあって、知らされたことだが、幼い子どもにとって、絵本は、私たちおとなにとってのように、絵と文字に分かれているものではないらしい。

二、三年まえ、私は、三冊の本をもって、四歳何カ月かの男の子のある家にいったことがある。二冊は、日本語の本であり、一冊は英語の本で、日本語の方は、おみやげであり、英語のは、ただ見せてもってかえるつもりであった。

男の子は、いつも私から本をもらいつけていたから、私が包みから本をだすと、さっそくにこにこしてやってきて、お話を読んでもらう時独特の顔で、「ふん、ふん」とあいづちをうちながら聞きだした。

一つの本がおわると、すぐまた一つをとりあげて、「こんどは、これ」といった。

三冊読みおわって、私が英語の本をしまいかけると、その子は、びっくりして、

「どうして、それ、しまっちゃうの?」と聞いた。

「だって、これ、英語だから、おいていっても、読めないから。」

私がいうと、その子は正直に心外だという顔をして、その本をめくり、絵と私の顔を見くらべて、

「ぼく、ほら、読めるよ。ほら、読めるよ」といった。

そこに描かれている絵は、その子に全部読めたから、私が読めないというのは、その子にしてみれば、まちがいだったのである。

幼児にとって、絵は、おとなの文字――つまり、考えたり、感じたりの材料になってくれるもの――であり、または、それ以上のものかもしれないということを、その時ほどはっきり見せつけられたことはなかった。

その男の子は、四歳にもなっていたから、もうかなりなまいきなこともいい、じぶんでは、字が読めなかったけれど、おとなの世界には文字があることは十分に承知していた。その子にとってさえ、絵がよい場合、文字はこれほど勘定にはいらなかったのである。

それから、まもなく、この子よりずっと幼い子どもと絵本の関係について、かなりはっきり知らされたのは、二年ほどまえ、オランダのブルーナというひとのあらわした「ちいさなうさこちゃん」という本のシリーズを訳したのちのことだった。このシリーズは、私が翻訳した外国の絵本のなかでも、一ばん年少の子どもたちのための本で、絵は単純明快、ことばも、まだほんとのストーリーを形づくらない、うたのようなものだった。

このシリーズ八冊ができあがった時、私は、これを、私の家の子ども図書室、「かつら文庫」の本棚の上にならべた。私たち、この文庫のせわをするおとなは、新しい本をだす時、よくこうして、本をだまってならべておいて、子どもの手のだしぐあいで、その本が、どのくらい子どもの興味をひくか、ひかないかを見ようとする。

おどろいたのは、ブルーナの本は、三、四歳の子から、小学六年生までが、文庫にはいってくるなり、手にとったということだった。

この吸引力が、まず私たちに、この本はよく勉強してみる価値があることを教えてくれた。

この本が出てまもなく、ある若い女のひとが、生後八カ月の甥《おい》に、「うさこちゃん」の本を贈ったという話をしてくれた。

「おもしろいですよ。じいとおとなしく見ていて、読んでやると、だまってきいているんです。またページをくると、またじいと見て、聞いているんです。」

私は、何ぼ何でも、八カ月では早すぎると思ったが、だまっていた。

私が早すぎると思ったのは、おそらく、その子は、うさぎも見たことがないだろうし、読んでやることばもわからないだろうし、ちんぷんかんぷんのことを与えられているのではないかと懸念《けねん》したからだが、だまっていたのは、その子は、案外、それを喜んでいたのかもしれないし、またもう少ししたら、その後のようすを聞いて見ようと思ったからだった。

ところが、それから、数カ月して、べつの女の人、ある若い母親が、「おもしろいことを見せる」といって、小さいむすめ（十一カ月）をつれてきた。

若い母親は、五、六人のおとなの間に、その女の子をおき、「うさこちゃん」のシリーズのなかの「さーかす」を、その子のそばにおいた。

すると、その子は、その本をもって、すぐわきにいた父親のところにはっていって、ひざにつかまって、父親の顔を見あげた。父親は、その本を読みはじめた。

この本では、右のページが色ずりの絵になっていて、左のページに四行のうたがついている。十一カ月の子どもの注意は、四行の文字を読むあいだ、集中できない。一行ほど読むと、ページをめくれと催促する。

こうして、「さーかす」の最後のページまでくると、赤ん坊は、その本をもって、となりのおとなのところにいって、また読めというしぐさをした。こうして、そこにいるおとなに全部読ませてから、この子は満足して坐りこんだ。これが、この子の、にいちゃんのまねをしてはじめた、夕食後の日課なのだそうであった。

それから五カ月(その子一年四カ月)して、その母親に、あの行事は、まだつづいているかと聞いてみると、その子に読んでやる文は、だんだんながくなって、ある日、

「おんがくたいも　せいぞろい
あおいぼうしに　あおいふく」

のところにきたら、突然、「ぼち!」といって、絵をゆびさしたという話をしてくれた。

その子にとっては、帽子は、外出のたびに、かならずかぶせられる、外出とは切っても切れない関係にある、とくべつ意味のあるものだったそうだが、その子はそれを、絵のなかにある「ぼち」と同種のものと認識したのであった。

それから最近(いま一年六カ月)では、

「じてんしゃにのる　おさるさん
ああ　うまい　おどろいた
なんてじょうずにはしるんだろう
みんなで　はくしゅ　おくりましょう」

のところでは、ぱちぱち、はくしゅをするようになったそうである。これは、さいしょ、にいちゃんのまねだったそうだが。

この一連の話を聞いて、私は、八カ月の子どもに、その絵本ははやいなどということをいわないでよかったと思った。

この幼児たちにとって、この絵本は、最初、何かおもしろい形がはっきりした色で描かれていて、それを手にすると、身近のおとなが何か節をつけていってくれるもの――つまり、形と音とがともなったものであったにちがいない。そして、それをくり返し、読めとせがんだのは、それが快い経験であったからにちがいない。描かれているものや、読んでもらうことが、ちんぷんかんぷんであっても、幼児のまわりには、現実に、ちんぷんかんぷんのことがあって、そういうものにぶつかっていくあいだに、子どもは知ったり、発見したりして喜ぶのにちがいない。

それにしても、人間に絵が読めるということは、なんというすばらしいことかと、私は思った。犬や鳥は、目や耳があんなに鋭敏なのに、絵はわからない。犬や鳥は、色をつかって、ある形がかかれているのを見ても、そこから何のいみもくみとれない。けれども、一歳二、三カ月の子どもは、「ぼち!」を認識する。

そして、その子は、現実に見たものを、頭の中でもう一ど、そらで組みたてる作業——どんなほかの動物もできない作業——を、どんどん頭のなかでつみ重ねていって、やがて、現実の形や絵、いまのはやりのことばでいえば、イメージの力をかりないでも、イメージを思いうかべることもできれば、そこから進んで抽象観念にまで到達することができる。

そして、その作業は、けっして学校へいって、勉強といわれるものがはじまってから、はじまるのではなくて、生まれるとまもなく、その第一歩の活動がはじまっているのだということは、子どもたちを見ていると、いやでも教えられないわけにはいかない。

そうとすると、絵本は、おとなが子どものために創りだした、最もいいもの、だいじなものの一つということができないだろうか。絵本は、子どもの年齢や、興味にしたがって、その子にわかる、またはその子の興味をひく絵で話しかけ、絵で知らせ、絵で考えさせることができる。しかも、絵本は、美しい形と、美しいひびきを、一丸としてそのなかにもつことができる。そして、もし図書館のような組織が発達していれば、子どもは、いつもそれを、自分のそばにおくことができる。

おとなが、子どもに話しかけるのに、そして、子どもを育てるのに、それは貴重な道具のように、私には思われる。ただ、おとなは――なかでも、日本のおとなはそれほどこのことを真剣に考えて、絵本をつくったり、それを子どもの手もとにとどけようとしたりしていないように思われるのだ。

幼い子どもと絵本を結びつけよう

いまは、テレビやラジオや映画というような、目や耳に訴えかける文化が、世にはんらんしていますが、子どもたちには、ぜひ本も読んでもらいたいと、私は思っています。

いまの子どもが、おとなになって、活動をはじめるころの社会は、今よりずっと複雑になって、知っていなければうまく暮していけないことがずっと多くなるでしょう。

そういう世の中で、一本立ちで自分の考えをもち、事を処理しながら生きてゆくのには文字を恐怖心なく読め、頭の中で物事が整理でき、抽象的にものを考えられることが必要になってきます。

ところが、文字は、ある年になったら、一生懸命勉強すればいいや、受験勉強をするようになって、集中的に消化してしまえばいいやでは、文字のもついみを、まるまると受け入れることはできません。文字は、いみにつながってい、いみは、事や物につながっています。そして、人間は、生まれると、まもなくから、物や事で学びながら、成長し、考えることをはじめているからです。

文字のいみを充分に理解し、それから得たものを活用するためには、赤ん坊の時から、物からいみへ、いみから文字へと順を追って進んでいかなければなりません。幼いうちから、すなおに文字の世界にはいってゆくための準備をさせてやること――これが、いまのおとなが子どものために果すべき大きな責任の一つでしょう。

では、まだいきなり文字にはいっていけない幼い子どもが、やがては文字をたのしく読めるようになるには、どうしたらいいのでしょう。そのためには、絵本以上のよい道具はないように思われます。

人間の子どもは、ありがたいことに絵が読めます。絵を見て、絵にかかれている物を、自分の頭の中にえがくことができます。

犬の絵を見れば、実物の犬がそこにいなくとも、犬を考えることができます。これは、人間だけのもっている――どのほかの動物にもない――たっとい力です。

そして、その頭の中のえがき方がどんなに生き生きしているかは、小さな子どもたちがねこや、自動車や、お魚の絵を見て、「にゃあにゃあ！」「ぶうぶう！」と、ほんとうに喜ぶことからも、よくわかります。

この時、子どもたちが見ている絵は、私たちの考える絵ではなく、絵であると同時に、私たちにとっての文字の役目もはたしています。つまりそれは、じっさいの物を代表しているのです。つまり、ごく幼い子どもたちのための絵は、やがては、文字に変わり得る性質を多分にもっています。

そういうみから、私は、日本の子どもたちの一人一人に、早くからよい絵本をもたせたいと思います。

もちろん、ごく幼い子どもは、注意が集中しませんから、お話の絵本などわかりません。一つのページに犬が出てきて、一つのページには、ねこが出てくるような、題材としてはページごとに変わる、「動物絵本」とか、「乗物」とかが、その年ごろの子どもには一ばん適当です。たいせつなことは、その絵が単純で、センチメンタルでないということでしょう。にこにこした犬やねこより、子どもたちは、正直な、生き生きした動物の絵をこのみます。

これとおなじころに、喜ばれるのが童謡絵本です。こうした本の絵は、動物絵本や乗物絵本のように単純ではありませんが、子どもは、その歌に出てくる一つのシーンをながめながら、お母さんに歌ってもらってたのしむのです。このころの子どもには、歌だとか、絵だとかは、まだそれほど別々になっていません。童謡絵本は、子どもにとっては、お母さんの歌ってくれる歌や絵、そういう快いものが、いっしょになっているものです。

そのつぎに、ごくみじかいお話の絵本がきます。第一ページにあらわれた犬は、第二のページにもあらわれて、前のページとはべつのことをしています。一つの犬が、動いているのです。そして、第三ページでは、またべつのことをはじめます。

こうして、子どもたちは、絵を読んで、お話をたどっていくようになります。つまり、文字でも書くことのできるお話を、絵をたどって頭の中に構成していきます。そして、そのお話は、どんどん長くなってゆき、複雑になってゆきます。

お話は、長くなれば、複雑にならざるを得ないというのは、たとえば、一ぴきの犬が、家からにげだして、ひとりで遊びに出かけるという場合でも、お話が、長くつづいていれば、それだけ多く、犬は、さまざまなものに出あい、さまざまな冒険に出あいます。それだけ、登場してくる人物や、ものは、多くなります。犬と、そのさまざまなものとのかかわりあいは、二本のすじが、交錯するだけでなく、三本にも、四本にもなって交叉するわけです。

その関係が、うまくできていると、子どもたちは、そんなに複雑な関係をたどっているということを、すこしも意識しないで、息をつめて、おしまいまで聞いたり、見たりしてしまいます。意識することなく、子どもは、頭の中を整理しながら論理をたどり、その微妙ななりゆきに、快感を感じるのです。「ちびくろ・さんぼ」の本などは、そのよい例です。

これを読む時、この子は、文字を読めないでも、もうりっぱに頭の中である世界を構築しています。そこから、文字の世界へは、ほんのひとところであるということは、私が、この十年、小さい子どもたちに接してきて、知らされたことでした。

ただし、そうであるためには、お話の絵本は、かなりの条件を備えていなければなりません。幼い子どもたちの教育にたずさわる者たちは、どういうのが、よい絵本か、それを学ばなければならないと思います。

幼児の記憶と思いあわせて

『母の友』の編集部から、昔話のざんこくさについて、または、創作にしても、ざんこくな話を、子どもに与えることについて、どう思うかという問をうけた。

そのことについて思いめぐらしているうちに、頭のなかで、いろんな要素がこんぐらかりはじめたので、まず、「ざんこく」ということばを、『広辞苑』でひいてみた。すると、「きびしく無慈悲なこと。むごたらしいこと。残忍」と出た。そこで、「残忍」をひくと、「するに忍びない無慈悲な行為を平気ですること。慈悲の少しもないこと。」とある。

やはり、私の想像したとおり、この問題は複雑であった。なぜなら、ことが、子どもに関係するかぎり、「ざんこく」ひとつにしても、「(客観的にいって)子どもに対しては、どんなことがざんこくか」とか、「子どもは、どんなことをざんこくと思うか」とか、「おとなの思うざんこくが、子どもにとってもざんこくか」とか、たいへん多くの面が出てくるからである。

私の家の子ども図書室、「かつら文庫」にくる子どもたちは、たいてい、こわい話がだいすきである。私たちは、しょっちゅう、そういう話をしているわけではないが、「こわい話、こわい話」とせがまれると、一生懸命、記憶の中をかきまわして、何かの話を思いだして、「そして、ミアッカどんは、トミーの足を、ポンとちょんぎりました。」などと読むと、子どもは、「きゃあきゃあ」いって喜び、その話がすむと、「そんなにこわくないやあ。」と難癖《なんくせ》をつける。

これは、どういうことだろう。私も、子どもの心理は知りたいから、できるだけ、そういうときの子どもの態度に気をつけ、また、自分の幼いころのことなど思いだしてみる。

おとなになったいま、私が驚くのは、四、五才のころの私には、『カチカチ山』が、スリルと冒険にとんだおもしろい話だったことである。語り手――それは、祖父だったり、母だったり、姉だったりした――の話が、タヌキがおばあさんを殺して、料理して、にげだす段になると、私は、「ばばぁくったじじいや、流しの下のほねぇ見ろ！」と、語り手といっしょに、声たからかに唱えたものだった。

私は、「するに忍びない無慈悲な行為を平気でする」子どもだったのだろうか？

いっぽう、おなじころ、読んでもらった本で、私にふかいかなしみを与えた話は、『舌切り雀』だった。前にも、ほかのところで書いたことがあったけれど、私は、ある日、姉のひざの上に坐って、『舌切り雀』の絵本を見ていた。はじめのページでは、はさみをもったおばあさんの足もとに雀がいた。姉の読むお話につれて、ページがめくられると、そこには、おじいさんとおばあさんがいて、雀はいなかった。私は、いくらがまんしても、涙せきあえずという状態になってしまった。いまも、その絵さえ、はっきりおぼえているのだが、私がかなしかったのは、雀が舌を切られたことではない。雀とおじいさん――おとなのことばでいえば、愛するもの同士――がわかれなければならなかったということだった。小さい雀が、ひとりでどこへいったか、と思ったとき、涙は、ぼうだとしてくだってしまって、先を聞くことができなかった。

子どもは、子ども特有の物の感じ方、考え方で、あたりのものに対応し、また、自分のせまい行動範囲のなかにはおこらないようなことを、お話のなかで見聞きして、こわがったり、泣いたりする。そして、一つずつ学んでゆく。

私が、ありがたいと思うのは、私の子どものころは、世間はのん気だったし、親たちは、大ぜいの子どもの動静にいちいちかまけていられないしで、私が、『舌切り雀』のお話で、思いきり泣いても、私を感じやすい子だと思う者もいなかったし、その本を、いちはやくかくしてしまうものもなかったことである。つまり、私はほおっておかれ、自分の能力で、何とかそのかなしさや、こわさに対応してきた。

長い間、つたわってきた話のなかには、昔話にしろ、創作にしろ、私たちが、いそいで結論をだしてはしまえない、ふかい、複雑ないみがあるにちがいないというのが、私の感じである。ちょっと見には、ざんこくに見えながら——たとえば、もし、昔の自分の記憶がなければ、私は、『カチカチ山』を、わるい話だと断じたかもしれない。——子どもにとってはざんこくでなかったり、また、ざんこくであっても、それは、子どもを益するざんこくさである場合もあるだろう。

なぜかといえば、それが、ざんこくなだけで、そのおくのいみのない話だったら、つぎつぎの時代の子どもにうけいれられて、いまにつたわるはずがないからである。

子どもたちの選ぶ本

私の家に、子どものための小図書室「かつら文庫」ができてから、この三月一日で満六年になった。六年といえば、四歳でここにきはじめた子は、小学五年生になり、四年できはじめた子は、高校生になるという年月である。

六年間の体験

この六年に、私たちが子どもに教わったことは、ずいぶん大きい。ここで、私たちというのは、この四年間、主に文庫のせわをしてくれた田辺りよ子さんと私のことである。最初の二年は、一年ずつ、べつべつの若い人が文庫を手伝ってくれた。私も、毎年ひとりずつ、新しい学生さんにせわ係をたのめば、文庫をやっていけると考え、その時は、べつに不都合も感じなかった。

しかし、いまふりかえってみると、一年ずつ、文庫の「おねえさん」がかわる場合と、四年つづけていた時とでは、子どものおちつき、私たちの学ぶことの大きさに、格段のちがいがあることに気がついた。

子どものなじんだころに人がかわり、子どもの反応の見えだしたころに、べつの人になるというのでは、つみ重ねにならず、たいへんそんなことなのであった。

最初、二十二人の子どもではじまった文庫は、いまは、会員が百二、三十人。このごろは、ふやせばいくらでもふえる形勢になったが、これ以上は、私たちの力がおよばないので、新会員はおさえている。

3、4歳から

六年で、学んだことの第一は、子どもと本の結びつきは、親対子どもではじめる場合はべつとして、子どもが三、四歳からはじめるにかぎるということだった。最初、兄さん、姉さんにつれられてくる、小さい子どもは、絵本のタナを示され、「ここに、あなたの見る本があるから、出してみなさいね」といわれる。

はじめは、めちゃくちゃである。あれをだしたり、これをだしたりして散らかし、結局、手あたりしだいの三冊を借りてゆく。そして、次週か、次の次の週に返しにくる。そして、また散らかしてゆく。

これが、二、三ヵ月つづくと、その子のなかで、あっちに流れ、こっちに流れて、ゆく先をさがしていた水が、方向を見つけたように、前に読んだ『〇〇』のような本がほしいといったり、前に借りた『×××』をもう一度借りていくといいだす。その子の中で、選択がはじまったのである。

そして、五、六ヵ月たつと、よっぽどおちつきのない子でないかぎり、もう前からそうしていたように、あたり前の顔で、絵（その話の主人公が、乗り物であるか動物であるようなこと）を確かめて、本を借りだす。古い貸しだしカードを見ると、『いたずら きかんしゃ ちゅうちゅう』という絵本を八回借りだしている子がいる。

目に見えぬ糸

そういう、子どもがくり返し借りてゆく本――文庫のタナにゆっくり座っていることの少ない本を、調べてみることが、私たちの勉強である。そういう本は、絵は力づよく、話ははっきりした筋をもち、動きがあり、主人公は多くなく、あくまでも具体的に進んでいる。作者が、たちどまって、自分の所信をのべたり、登場人物の心理描写をしたりしていない。このことは、子どもに本を読んでやるとき、いっそうはっきり知らされる。そのストーリーが子どもをひきつけている間、聞き手と読み手のあいだには、見えない糸がぴんとはられた感じだが、心理描写のはじまったとたんに、それが、だらんとたれてしまう。

この、おたがいの間の糸がぴんとはられるという経験が聞き手にとってもたのしいことは、その顔つきでわかるのだが、読み手にとっても、じつにたのしい。しばらく前、三年間ほど、私たちは、ガリ版のお話と、また外国の本を訳しながらの話で、このたのしさを満喫した。それを、のちに、本屋さんにたのんで出版してもらったのが、中川李枝子さんの『いやいやえん』とアメリカのルース・ガネットという人の『エルマーのぼうけん』である。

この二つは、各二冊ずつ文庫に出してあるが、どちらも、文庫のタナに座っていることは、ほとんどない。声で読んで聞かせていた時と、本になってからの、子どもへの働きかけの的確さは、まったくおなじといっていい。どちらの本にも、筋があり、動きがあり、具体性がある。ただ『いやいやえん』は、ひとりの、保育園へいっている男の子を主人公にした短編を集めたものなので、挿話《そうわ》的であり、『エルマー』は、一冊が一つのお話であるから、小学一、二年の子どもはこれを読むと、ぐーんと一本、太い線の通った、おもしろい話を読んだ、という満足をおぼえるらしい。

このチャンス

この年代、絵本を卒業して、字の多い本にうつってゆくころ――物の形を、文字におきかえることを学ぶころの子どもの読む本の重要性は、いくら強調しても、しすぎることはないと、私には思われる。この時代に、子どもは、興味にかられて、おとなには、大きく思われる障害をどんどん突破して、つぎつぎにより複雑な本に移ってゆく姿勢をつくりあげる。文庫の子どもたちを見ていると、どうもそのように思え、私は、たいへん楽観的になる。

先日、私は、文庫のとなりの部屋から、さりげなく、文庫のようすを観察していた。一年坊主の男の子が二人、借りてゆく本は、ちゃんとバッグにしまった上で、おまけに『いやいやえん』を読んでくれと、田辺さんにたのんでいる。

「じゃ読むわね」と、田辺さんが座ると、その子たちは、話がはじまるまえから、「うふ、うふ！」と、たのしみ笑いをとめることができない。この子たちは、もうこの本を前に読んでいるのである。

「つくえの上に、つくえがのっています！」で、その子たちはひっくり返って笑っていた。

こういう時、このチャンス、このチャンスと、私は思わずにいられない。この子たちをつぎの段階またつぎの段階へひっぱってゆくに足る本を用意することこそ、私たちおとなのつとめなのではないだろうか。

もちろん、この子たちは、家にかえれば、テレビに夢中になる。しかし、本をたのしむことも知っている。人間の子どもの頭の中には、それだけの余裕と力があるはずである。でなければ、私たちは、今日まで生きのびてくることはできなかったろう。

ひとりひとりの子ども

先日、ある若い友だちを訪ねると、その家の四年生の子どもが、宿題でぎゅうぎゅうとっちめられているところだった。「このくらいのことがわからないの！」というようなことばが、友だちの口から、ぽんぽん、機械じかけのようにとびだしてきた。

私は傍観しながら、もし私がこの子だったらと、恐ろしい気がした。私は無器用で、内気な子だったから、あの調子でやられたら、ひがむか、イシュクするかしてしまったろう。が、幸か不幸か、私の母は子だくさんだった上に、店や畑仕事まで抱えていたから、子どもの勉強は学校の先生にお任せして、自分の子どもがだめだなどとは思ったこともなかったらしい。私がおちこぼれにならなかったのは、「だめ」という刻印を一度もおされたことがなかったからではないだろうか。

私の一ばん苦手の手工（工作）の時間でさえ、私の愚直さを認めてくれた先生がいた。何年のときだったか、こよりの作り方を習った。細い紙をよりながらつないで、長いこよりを作り、それを二つに打って、なわのようになうのであった。私が、先生のいう通りにして作ったのは、こぶこぶで、ねじれた、みっともないものだった。みんなが、こよりをつくり終えると、先生が机の間をまわって歩き、できあがった一本一本をぴんぴん引っぱって、強さを試した。きれいにできているこよりの多くが、つぎつぎにつぎ目からはずれて、切れていった。私の番になると、そのこぶこぶのひもは、みんなの失笑を買ったが、先生が、ぴん！　と引っぱっても、切れなかった。「こよりは、こういうふうに作るんだ。」と、先生はいった。

級の受持ちではなかった、Hというその先生を、私は五十年以上たったいまでも、はっきりおぼえている。別のことばでいえば、先生は、「おまえのやり方でやっていけばいいんだぞ。」といってくれたのである。まもなく、私は上手にこよりができるようになっていた。

子どものいいところをじっくり引きだす、こんなのん気なことを、いまはやっていられない時世なのだろうか。しかし、そうすると、ひとりひとりの子どもの内面の問題はどうなるのだろう？　しかし、追いたて、つめこみ、受験の上手な子どもをつくっているまに、それぞれの子どもの内面の問題は、どうなってしまうのだろう。

大人になって

　よく、私にはりっぱに見える絵のわきに、小学三年生○村○子とか、小学五年生、○田○夫などと書いてあるのを見ると、私は、とても人間わざでないものを見たような気がして、かんしんしてしまう。私がそこらで出あう子どもたちの、小さい手がそのような絵をかいたのだとは、なかなか思えないのだ。もし道で、あの絵をかいたのは、あの子ですよと指さされたら、私は、きっと尊敬するおとなにあったとおなじ気もちがするだろう。

　なぜかというと、私には絵がかけないからだ。私は、おとなになればなるほど、絵がかけなくなった。小学校一年のときは、いまよりもっと絵がかけたような気がする。人なみに、私も紙の上に一生懸命、でくのぼうをかいた記憶があるから。それだのに、いまは、線一本、満足にかけない。いや、ただかけないと思っているのかもしれない。大きくなるにつれて、自分は絵がへたなのだぞ、かけないのだぞと、自分に言いきかすことが多かったためかもしれない。

小学校にいたときは、いったいどんな図画教育をうけたか、私はほとんどおぼえていない。お手本を一生懸命まねたような気もし、テーブルの上にならべたものを、かかされたような気もする。けれど、先生にかき方を教えられたおぼえもないし、鉛筆の持ち方をおそわったこともないようだ。五年になったとき、水彩絵具を使うようになって、お手本にある図案の線を写して、その線の中へ彩色することになった。ところが、どうしても色がその線の中におさまらない。日曜日だったのか、家で一日、その図案を写しては、塗ったこともおぼえている。が、どうしても、プルプル、プルプル、色が線からはみだして、とてもきたなくなってしまい、紙をうんとむだにしたあげく、姉かだれかにかいてもらって、学校へだした。

こういうふうだから、図画の時間がすきなわけはない。しかたがないから、やるというだけだった。

ところが、女学校にはいってからは、図画っておもしろいものだなと思うようになった。それは、その時間をおもしろくしてくれる先生にぶつかったからだ。その先生は、人生について語り、名画の話をしてくれ、展覧会につれていってくれ、校庭に出て写生をさせた。それに、また用器画という科目ができ、私も図画でいい点がとれるということは、私にとって大きな発見だった。

けれど、この先生も、六年間、ちぢみにちぢんだ私の絵に対する芽ばえを、生きかえらせることはできなかった。私は絵はかけないと思いこんでおとなになった。

いまになって、私は、それをじつに残念なことだと思う。自分がおとなになって、自分が子どもの時のことを思いだし、また目の前にいま子どもである人たちを見ていると、その中に無限の可能性がひそんでいるような気がしてくる。あのときああしてくれたら、と、自分の身に思いあわせ教育ということの大きな使命を考えると、おそろしくなってくる。それは、ちょっとことばをひねくって言えば、ひとを生かすことにも殺すことにもなるような気がする。

ことに感覚的部門の教育にたずさわる者の使命の大きいことよ、と思わないわけにいかない。あのすばらしい絵をかく子どもが、ひとりでも多くなるように、またじょうずではなくとも、自分のたのしい絵をかける子がひとりでも多くなるようにしていただきたいと、私は、絵の先生がたにおねがいする。

子どものすがたの内と外

先日、ある雑誌から「子どもの想像力について」何日で何枚とか書けということをいってきた。

わたくしは、いわれた題をくり返しただけで、うろたえ、結局、しどろもどろにことばをつづけて断わったのだが、子どものことについて書くことは——子どもの心についてさえ書くことが——何日かまえに注文をうけ、ちょこちょっと書けてしまうほど、やさしいのだろうか。

わたくしは、今年になって、子どもの文学と子どもの読書についての本を一冊ずつだした。それも最初のものはほかの人との共著だったので、わたくしはその六分の一ほどを書いたにすぎない。しかし、それでも、そこに書いたことはわたくしが五年かかって考えた結果だったので、それ以後、わたくしが子どものことについて書こうとすると、何かその二冊のなかですでに語っていることをくり返すようで、つらくてしかたがないのである。もし「子どもの想像力」についてというような大問題をとりあつかうとすれば、わたくしはまた二、三年考えて、わたくしなりのいいあらわしかたで人に語れるようになるまで待たなければならない。

いったい、子どもについては、いろんなことが書かれたり、いわれたりしている。少し書かれすぎ、いわれすぎているような気さえ、最近のわたくしにはしてきた。書かれたことは、りくつが通って、りっぱである。心理学的にも、ちゃんと説明がつくのだろう。母親たちはうなずいて、今度、自分の子どもに対して何かやる時はこの手でやろうと考える。

けれども、現実に動いている子どもに、そういう物尺はどういうふうに使っていいのだろう。うまくあてはまっても、つぎの瞬間、もうずれているのではないだろうか。とにかく子どもは、おとなの注文どおりには動いてくれないようである。

本のなかでどんなりくつをいわれても、子どもは、きょとんとしている。子どもは自分たちについて、そんなにいろんなことが書かれていることを知らないのだから。そういうりくつは、子どもの頭の上を吹いて通る風のようなものである。しかし、風が吹いて通っているだけなら子どもは平気でいるが、そのりくつで自分たちがどうかされることになると、反抗したり、まがったりしてくる。

子どもの一人一人が人間で、みんな、その子としての道筋を通って大きくなることを考えると、このごろのように人間をたばにして教育しようとすることが、各々の人間にとってどんなに損失なのかと、わたくしは考えてしまうのである。

ごく身近なことになるけれども、わたくしは、最近、ずっと年上の兄から、「おまえはかわった子どもだった」といわれて、びっくりした。わたくし自身にとって、わたくしはちっともかわった子どもでなかったからである。子どもの時のわたくしにはすべての標準がわたくしにあったのだから、それはむりのないことだったとしても、おとなになってから、小さい時の自分をふりかえってみても、わたくしは自分をあまりかわりばえのしない、ごくふつうの女の子どもだったと思っていた。兄にそういわれて、わたくしははじめて、外からの目で自分の子ども時代をふりかえってみることをした。兄の説明によると、ほかのきょうだいがけんかをしていても、わたくしはだまってそれを見ていたそうである。

そういわれると、上の姉たちがはだしで庭にとびだして、追いつ追われつのけんかをするのを、廊下に立ってながめた一シーンが、ありありとわたくしの心にかえってきた。はたからこうしたわたくしを見ていた兄の心には、こんな情景が何年かのあいだにいくつか重なって、「かわった子」という意見にまでかたまったのだろうと思う。

この小さいわたくしのすがたには、いまでもわたくしのなかにある極度のけんかぎらい、一方にかたんするには、あまりに両方の気もちが察しられてしまうという性質が、そのまま見うけられるような気がする。子どものなかには、非常に子ども的で、年々ふりすてて成長してしまうものと、非常におとな的で、生まれた時から、殆《ほと》んどかわらずに持ちつづけるものがあるようにわたくしには思える。

幸いだったのは、子どものころに、わたくしはだれにも「おまえはかわった子だ」「だから、おまえは――」などと、一度もいわれなかったことである。もしいわれていたら、わたくしは強気ではなかったから、みょうにいじけた子になったかもしれない。このように、小さいうち、「自分であること」をうしろめたくも、また逆に、自慢にも思わず、ごく自然に大きくなってきたことを、わたくしはありがたいことだと思った。

子ども時代の、この、内がわの自分と、外がわから見たその子とのちがいを、わたくしは、ごく最近、もう一つの例にあって、考えさせられた。今度は、自分が小さい時のことではなく、わたくしが、一人の子どもを外から見ての観察だった。

その子とは、わたくしが五年前、ニューヨークにいった時、しばらく親しくし、それ以来、はじめて今度の夏休みに母親につれられて帰国した時、あったのである。その子は、二世で日本語がはなせない。わたくしがアメリカにいった時、その子は、ニューヨークのアパートで母親とくらしていたが、まわりは殆んど白人だけの環境で、母親は日本人だから、あまりつきあいは多くない。大きな建物のなかのアパートの部屋は、小学校一年のエネルギーにみちた女の子の体をとじこめておくにはせますぎて、その子は、よくヒステリーをおこした。そんな時に、その家にゆきあわせると、わたくしはよくその子をつれだして、表へ散歩に出た。その子は、勢いよくローラー・スケートで歩道を走りだして、疲れることを知らず、途中でドラッグ・ストアがあれば、ポプ・コーンやキャンデーを買ってくれと、遠慮えしゃくなくねだる。わたくしは、小公園のベンチにかけたり、足をいたくして中央公園まで去るその子を追いかけていったりしながら、小さい身体にうっ血していた憂《う》さが、気もちよくあたりの空気中に発散していくのを見るような気がした。

今度、五年ぶりであったら、小学校を卒業したばかりというのに、ふつうの日本人なら十五、六かと思われるくらいに発育していた。「わたくしをおぼえているか」と聞くと、「もちろん」と、あたりまえのように答える。その答え方が、あんまりあっさりしているので、「どんなことをおぼえている?」と念のために聞くと、「家にきて、アイロンをかけた」というので、わたくしはおどろいてしまった。

たしかに、ニューヨークをはなれるまえ、その家にいって、出発の時に着るものにアイロンをかけたおぼえがある。しかし、その子の頭に、たのしかったローラー・スケーティングも中央公園も出てこないで、アイロンかけだけが強くのこっているのはなぜだろう?

わたくしが、「それは、ふしぎだ。どうしてそういうことをおぼえていたんだろうね」と不審がると、「もう一つおぼえている。あなたは、歯ブラシはこうして使うより、こうして使うほうがいいといった」といって、ブラシを横に動かすふうをして、それから歯の向きにそってたてに動かすまねをした。

わたくしは、これにもおどろかされた。この子と、いまのような問答をしたあと、いく日か、わたくしはそのことを頭のなかにくり返して考えてみたが、わたくしなりの決論は、ローラー・スケートやポプ・コーンというようなニューヨークの生活にありきたりなことは、その子のその後の毎日の生活のなかにうずもれてしまって、忘れられたのだろうということだった。そして、それまで四か月ほど、親しく出はいりしていた一人の日本人の女が、もうその子の家にこなくなるといって、旅支度をしている。その時のようすがその子の身にしみたのだろう。たしか、そのころ、わたくしは彼女の家に泊った記憶があるから、歯ブラシの使い方という件は、泊った日のできごとにちがいない。

しかし、この考えがあたっているかどうか、わたくしは知らない。それよりも、いまのわたくしにだいじなことは、四か月の交際で、小学一年の子どもが、わたくしについて現実におぼえていたのは、前記のようなことだったということである。そして、それはわたくしが予期していたこととは、およそちがっていたということである。そしてその子は、おとなの予期していることにはおかまいなく、自分なりに手にとったものをつみ重ねて、今日の、一人前の顔をした中学一年生になったということである。

子どもは、おとなの物尺や注文で大きくはならないなあと、わたくしは、その子の顔をながめながら、その子の頭のなかの内容に一種驚異のようなものを感じたことだった。

ここで、わたくしは、戦争中の一つのことを思いだす。その時、わたくしは、ある駅の高いプラットフォームに立っていた。目の下に何かの会社の社宅らしい、あまりりっぱでない、板塀にかこわれたおなじつくりの家がたくさんならんでいた。住宅と住宅のあいだには細い通路があり、通行人はいなかった。通路のひとところに、何に使うのか、人が一人たてるくらいの台がおいてあった。

わたくしの注意をひいたのは、その台のまわりの子どもたちのようすだった。みんな女の子でひとりが台の上にたち、バレーふうなおどりをおどり、まわりの子どもは、またべつのおどりをおどりながら、台のまわりをまわっていた。その子たちの我を忘れた、うっとりしたようすに、わたくしはびっくりして、しばらくじっとたって、子どもたちを見おろしていた。もしわたくしが動きだして、だれかが見ていたと気づけば、子どもたちは「キャッ」といって逃げだすだろうと思われるような、その場のようすだった。

これは、たしか敗戦のまえの年の秋のことで、わたくしたちは、たべ物も不足になり、モンペばきで歩き、学校では、一億一心、神社清掃を教えていたころのことである。わたくしは、このおどる一群に見とれ、思わず、ふだんしめつけられていた心のなわが急にゆるんだような、ほっとした気もちになった。子どもは、おとなにかくれて自分たちを養なっているという気がしたからである。

ついに二、三日まえ、イギリスのオピー夫妻のだした「小学校児童のあいだに伝わる伝承文化とことば」という本を読んで、このおどる一群を見た時の幸福感を、またしみじみと味わいかえした。オピー夫妻は、イギリスの童《わらべ》うた「マザー・グース」の研究家としても有名だが、おとなに関係のないところで、小学校生徒が守りつづけている何百年来のかれら自身の文化についての研究は、子どもの心の秘密をかなり伝えてくれておもしろかった。

子どもの心のなかで、何がおこなわれているか。それは、ながい目で、こちらがのびやかな心をもって見る時、はじめていく分でも察することができるようである。「子どもの想像力」という注文がでると、わたくしには、まずそれよりも、おとなの想像力の問題だという気がしてきてしまうのである。

親と子のつながり

このごろ、家に、東北のある村から、若いお手つだいが来ています。その子が、村のことを聞いても、あんまり何も知らないので、びっくりしてしまいます。

それで、ひそかに私自身の生活のしかたを省みてみますと、のんびりした時代に育ったありがたさが、いつのまにやら、私の中にしみついている親の暮らし方を発見して、これが伝統というものではないかなどと考えました。私は、きょうだいたくさんの家に育って、手つだいなどいない環境で大きくなりましたので、小さいうちから、家の中の仕事は、自然にわりあてになっていて、小学一年のころから、お勝手の土間は、私がはくものだと思っていました。そんなふうにして、いつのまにやら、家のなかのくりまわし、四季のうつりかわりにつれてある行事、掃除のしかたなどを教えられるともなく感じとってしまったようです。

このごろの若い人を見ていると、親も子も忙しすぎて、そういうことがあるのかないのか、ふしぎに思われます。

家のお手つだいに、故郷のことを聞くと、町育ちの私よりも、農村のことを知らないのです。

「あの村では朴《ほお》の花は、いつごろ咲くだろうか？」と、先日聞いたのですが、まず、朴の木を思いだしてもらうまでがたいへんでした。木はこう、葉っぱはこうで、夏のはじめに、とてもいいにおいのする、りっぱな花を咲かせるのだと、こまかく説明しなければなりませんでした。

私は、いつか、その子の家のすぐそばで、とても見事な朴の大木が、あの分厚い白い花でおおわれているのを感歎してながめたおぼえがあったので、また今度、そのころ、そこへいきあわせたいと思ったのです。

その子の家では、親も、「ああ、また朴の花が咲いたな」とも言わなかったし、子どもも気がつかなかったもようです。

また、「あすこのお社《やしろ》には、何がまつってあるの？」と聞いても、わからないといいます。ただ、その子がよく知っているのは、そこのおまつりでおどっておもしろかったということだけです。

その子は、いまから、六ヵ月ほど前にはじめて東京に出てきて、まるでいなかの風習は知らなかったように、東京ふうになってしまいました。そして、朝から、ラジオの歌謡曲を聞いていれば、満足この上ないようです。東北のいなかに生まれて、廿になるまで、朝夕、親きょうだいとは、どんな話をしてきたのだろうかと、私はふしぎでたまらなくなります。春になれば萌えだす草も、初夏の朴の花も、雪の山も、この子には、何でもなかったのでしょうか。

私は、その子の生まれた村の小学校の生徒に、東北の昔話を読んでやったことがあります。あまりみんながしーんとして聞いているので、「みんなも、家でおじいさん、おばあさんからこういう話を聞いたことがあるでしょう?」と云ったら、三十人いた子どものなかで、親やその他の家族から昔話を聞いた子は、ひとりもなかったのには、びっくりしました。

私は、この親たちを責める気はありません。とにかく、かれらは、毎日の暮らしに追われて、青い空をつくづくながめる気もちの余猶もない生活を送っています。しかし、恵まれない、これらの子どもたちが、いままで日本人の中に伝わってきた知恵から根こぎにされて、その時どきに感覚的な勘にたよって生きていくようになると、とんでもない分裂症的な現象がおこってくるのではないかと、おそろしくなりました。

農村の教育者の任務は、まったく重大です。

子どもとマス・コミ

このごろ、私は、ひとと世間話をして——といっても、そういう時の相手は、たいてい女のおとなだが——自分が相手の話題からおきざりにされていることに気づくことがたびたびある。話している相手は、当然、私もそれを知っているものとして話をする。そして、またたいていの場合、私は、そういう話を聞いているうちに、かれらの知識のソースは週刊誌かテレビ、ラジオであることを発見する。

私は、この二、三年ほとんど週刊誌を見ないし、テレビ、ラジオを利用する率も、ほんとに少ない。要領がわるくて、仕事以外に、その日の新聞と二、三の雑誌をよめば、あとは手がとどきかねるというのが、正直なところ、じっさいの状態である。

しかし、私に一ばん興味があるのは、私のこの要領のわるさのために、片っぱしから週刊誌退治している友人たちとくらべて、生きてゆく上にどのくらいの損失をうけているかということなのだ。時どき世間話のわからないことはあるし、俳優の名まえや流行語を知らない場合も多い。ところが、こういうものは、六カ月たってみると、知らないでいても、一向、損にはならなかったという場合もまた多いものである。ここ何年か、週刊誌に対して、たいへん不勉強だったとしても、何か世の中についてゆけなくなったという感じがしないのも、まったく、そのせいではないかと思っている。

ところが、私は読まなくても、世間では、週刊誌を読む人の数は、ふえるばかりだと見えて、最近は週刊誌ブームということになってしまった。この激増する週刊誌とともに、世の中の人の頭は、それだけの多くの最新式知識で埋められ、またそれによって追いたてられるように、雑誌の方でも、ホット・ニュースの製造に拍車をかけ、他社を圧倒しようとするだろう。そうしなければこっちが負けてしまうからである。

そばで見ているだけでも、のろい私は、足がすくわれそうな気もちになるが、このホット・ニュースを受け入れるがわも、供給する方も、おとなである場合は、その結果については、自分たちで責任を負うべきもののようである。

しかし、それを売りつけられるのが、子どもの場合は、どうなるか。まだ考えのまとまらない、自分で自分の責任を負うべき立場にない子どもが、この頭脳のくるくる舞いに会ってどうなるか私は心配だった。問題は、かれらの頭の吸収力がほとんど無限に近かったとしても、一日は廿四《にじゅうよ》時間きりないということである。

私は、去年から私の家の小図書室へ、土曜、日曜日の二日、本を読みにくるようになった子どもを、ひそかに観察している。私の家の者は、近所の子どもたちが、本を読みにやってくれれば、喜んで迎えるという以外、子どもたちに意識されるような読書指導はしていない。漫画と雑誌は、一冊もないというだけで、あとはその部屋にある本は、どれをだして読んでもかまわないし、それを家にもって帰ってもかまわない。

この図書室をはじめてから、最初にどっとおしよせた子どものうちで、こなくなった子どももいるが、また新しくはいってきた子もあり、子どもたちの通いぶりは、私たちが想像していたよりも、じつにじっくりとしていて、たゆみがない。そして、休みなくくる子どもたちの家には、テレビがない家が多いらしいというのも、私たちには興味がふかかった。

ところが、Nちゃんという小学一年生の男の子の家で、半年ばかり前にテレビを買った。Nちゃんは、小学校にあがると同時に私の家に来はじめたのだが、そのころ、もうひらがなが読めた。そして、本のならんでいる部屋に野放しにされると、じつに早くどんどんむずかしい字のある本にとっついていった。私たちは漢字の出ている本を読むことを、ほめたことはないし、それによって勉強ができるようになると喜んだこともない。(どうも学校の成績と、お話のおもしろみを読みわけることとは、そうそう比例するものでないようにさえ、私には思える。)しかし、Nちゃんが、くいつくように本を読んでいるようすを、私たちはうれしく思って、見物していた。

そのNちゃんの家で、テレビを買ったのだ。私は、内心「おやおや」と思った。N

ちゃんの家は、すこし遠かったので、いつも日曜日に、お弁当もちでやってきて、私たちと一しょにおひるをたべた。その食事時間に、Nちゃんはしきりにテレビの話をするようになった。

「お父さんが、やっぱり買ってよかったなって言うんだよ」などと言った。

「Nちゃん、何見るの？」私は聞いた。

Nちゃんは、くわしくいろいろな番組をならべ、日曜日は、「月光仮面」があるからと、午後になると、とても帰りの時間を気にするようになった。

私たちは、本を読みにくる子どもたちには、ほかの子に迷惑になることをする時以外は、いっさい、注文を出さない。

Nちゃんの月光仮面も、それきり話にのぼらなかった。そのうち、私たちは、いつとはなしに、Nちゃんの家のテレビのことは忘れ、Nちゃんも帰りの時間を気にしなくなった。

つい先日、二年になったNちゃんと一しょに御はんをたべながら、話がテレビのことになったので、私は思いだして聞いてみた。

「Nちゃん、月光仮面見てる？」

「うん？　もうあんまり見ない。」

「どうして？」

Nちゃんは、うまく言えないというように首をかしげてから、

「だって、へたなんだもの……」

私はおかしくなって、もう少々聞きたいところを、やっとおさえた。こっちでだまっていると、子どもは、いろんなことを言いだすことを、このごろ見せつけられていたからだ。Nちゃんは、一しょに御はんをたべていた、五年生の女の子、Hちゃんとテレビの批評をはじめた。テレビの劇のすじには、ばからしいものがあると、二人は言った。「空をとぶのに、針金がちゃんと見えてね」などという批評もあった。これは、かれらの自在の空想力には、なさけないぶちこわしにちがいない。

「それに、ことばもおかしいこと言うわ。」と、Hちゃんが言った。「『でした』でいいのに、『したのでした』なんて。」

私はおどろいた。五年の子どもたちが、こういう批評をするとは思わなかった。

「どうしておかしいの？」と、私は、思わずわきから口をだしてしまった。

Hちゃんは、もちろん、分析的に考えて言ったわけではない。だから、説明にこまって、「だってぼんやりするじゃないの。『しました』でいいのに。」と言った。

私は、ありがたくなって、Hちゃんと握手したくなった。マス・コミ、おそるるにたらずと思った。これからの子どもには、物ごとははっきり考えるんだよ、へんなものは、へんだなと思うんだよ、と言えばいいんだなと教えられた気がした。要は、ま

ともなものを、そばへおいてやることである。ラジオもテレビも、つまらなければ、この子たちはスイッチを切るだろう。

いろいろな子どもたち

このごろ、入学試験シーズンがきますと、有名な大学の入学試験に、受験生もろとも、親きょうだいが大勢つきそっていって、心配そうに待合室らしいところでたむろしている写真などが、よく新聞に出ます。

幼稚園や小学校なら、ともかく、大学の試験をうけようという人たちに、つきそいが必要とは、どういうわけかと、私は、いつも、そんな記事を見るたびに、ふしぎになってしまいます。お母さんやきょうだいが、ついていったほうが、受験生がおちついていられるというのでしょうか。とすれば、その人たちは、何か大事のおこった場合、いつもお母さんやその他の人たちが、ついていないと、全力を発揮できないということになります。これは、大問題ではありませんか。

それとも、あのつきそいは、本人の学生たちは、いやだというのに、親きょうだいが、家にいては、おちついていられないという気もちから、ついていくのでしょうか。もし、そうだとすれば、受験生たちにも迷惑であり、学校にも、交通機関にも、よけいな手数をかける、いらない御苦労といえるのではないでしょうか。

どっちにしろ、私がおそれるのは、こういうことが、知らず知らずの間に養われた依頼心、また親のがわから言えば、わが子だけがだいじという、不健全な精神のあられではないかということです。こんな状態は、親子にも、世の中にも不利な、モヤシ青年をつくりだすのでは――または、つくりだしているのではないかということです。

入学試験は、いかにつらくとも、おそろしくとも、若者の一人一人が、キンチョウして、単身出かけたほうが、りっぱではありませんか。それに、それが、あたりまえのことではありませんか。それにもう一つ、おまけに、それを、あたりまえと思っているほうが、試験の成績がよくはなりはしないでしょうか。

何年か前に、地方の高等学校を出て、東京の大学を受験する、友人の子どもを預かったことがあります。私は、もちろん、学校へもついていきませんでしたし、ソレソレ、ホレホレとさわぐこともしませんでした。その子も一人でいくことをあたりまえと思ったように出かけていって、受けた学校は、二つともパスしました。べつに、ごく頭のいい子というわけではありませんでした。

こんなことからも、まわりのさわぎが、受験する人たちの気もちに、かなりよけいな波をたてるのではないかと、私は考えずにはいられなかったのです。

もちろん、受験者の絶対数が多いのですから、おちついていれば、試験にパスするなどと言うのは、無謀ですが、もし、いまのように、試験となると、家じゅうそろって、上を下への大さわぎをするようなことなく――ということは、試験ばかりでなく、世の中のほかのことをも、もう少し冷静に考えるということも、ふくめているのですが――やっていったら、有名校に殺到することも少なくなるでしょうし、どのくらい多くの人々の苦労、なげきがなくてすむでしょう。

先日来、あちこちの家庭の大学受験さわぎで、少しゆううつになっていたころ、東京の下町のある保育所に見学にいきました。

ここには、家じゅうに見とられて、大学の試験をうけにいった子どもたちとは、なんとちがった光景が見られたことでしょう。ここの板がこいのおそまつな部屋で、私が話しあったのは、小学校にあがる前の、三十人ばかりの子どもたちでした。親は、たいてい、ひるま、外に働きに出ている人たちです。

私は、前もって、そこにいる子どもたちのお母さんのなかには、労働している人もいると聞いていたので、何か、青白い、やせた子どもたちを想像して出かけていったのですが、その子どもたちの、さっぱりして、目のはっきりしていることにはびっくりしました。それは、その子たちが、さかんな好奇心をもっていることを示しているような気がしました。

私が、いつも身辺に見る六、七才の子どもたちは、とてもあきっぽくて乱暴か、おとなしいとベタベタしていることが多いので、これは、よくラジオで聞く「お」の字のやたらにつくサービスをうけることになれた子どもたちの悪弊かなどと考えていたのですが、この保育所の子どもは、とても独立的で、何でも自分でするし、明るいのです。

私は、こっちも明るい気もちになって、もっていった絵本からお話をしてやりました。その絵本が、いままで見つけていたのとかわっていたためか、一心に聞きいる子どもたちのまるい目にかこまれて、私は圧倒されました。私のまわりに、子どもたちは、半円をつくって聞いているのですが、片方のはしの子に絵本を見せようとすると、もう片方のはしから、「見えない！」「見えない！」という声がかかります。いそいで、そっちへ本をまわして、絵が見えるようにしてやると、正直に「本が見えなくてこまるんだ！」という、こまった表情をうかべていた、いくつかの顔が、いっせいに笑いだします。

反応がはっきりしていました。これは、よそからたずねてきた「先生」へのおへつらいの表情ではなく、子どもが、おいしいお菓子をたべたがるように、お話をききたいという正直な要求だと、私は思いました。ただ、そこの保育所の子どもは、モジモジしないで、その気もちをすぐ外に表わせるのです。これは、小さい時から、かなりの程度まで自分で自分のことをしなければならない環境のせいもあるでしょうが、この保姆《ほぼ》さんたちの教育法にもよるものと、私は大いに敬意を表してきました。

こんな子どもたちは、将来、どんなふうになるのだろうと、私は、帰ってきてから、いろいろ考えさせられました。この子たちが、いま、「お話を聞きたい」と思う時に、「本が見えない！」と無じゃきに叫べるように、いまに勉強したい時に、「上の学校へいきたい！」と要求して、それがかなえられたら、どんなにいいでしょう。

最近、また、これとはべつの種類の子どもたちと、少しゆききができました。東北の農村の小学五年生です。私が、月の半分は、その小学校の近くにいるものですから、小学校の先生におねがいして、一週間に一度、その組の勉強を見学させてもらうことにしたのです。

まだ、はじめたばかりですから、五年B組、三十人の生徒の名まえもおぼえていません。最初、学校にいった日は、月曜日で、私が校門をはいっていくと、学校の表玄関の前に、全校生徒がならんで、朝礼をしていました。私は、生徒たちの、黒っぽい、小さい後すがたを見ながら、近づいてゆき、どれが、私の友だちになる五年B組かな、と考えました。が、少しいくうちに、いや、これは、一年生から三年生までだろうと思いました。あまり、生徒が小つぶだからです。が、もう少し近くになり、みんなの横顔の見えるところまでいったとき、いや、やはり、これは一年から六年までだと思いました。一ばんはしの列の子は、三年生にしては、年をとりすぎた顔をしています。それにしても、小さいこと。これには、おどろきました。

朝礼がすんで、私が、参観したのは、社会の時間でした。若い熱心な女の先生は、一生けんめい、地球儀を使って、経度、緯度を教えました。教科書を少し読んでは、説明しながら先に進んでいくのですが、その教科書と、子どもたちとの間に、なんの関連があるのかと、私は聞いているうちに、少しふしぎになってきました。その教科書を作る人たちは、このよれよれの服を着た、やせて、小さい子どもたちが、どんなくらしをしているかということを考えたことがあるのだろうか。この子どもたちは、教科書に書いてあることがわかるのだろうか。

私は、わからないだろうと思いました。教科書には、たいへんむずかしいことばがつかってありました。それは、漢語が多いということではなく、使わないでもいいような表現、たとえば、「考えられることは、何々ということです。」というような、おそらく子どもたちが聞いたこともなさそうな、日本語的でない言いあらわし方があちこちにありました。

私は、社会の時間のあとで、この子どもたちと少し話をしたのですが、私の話し方が、知らず知らずのうちに、東京の保育園にいった時の話し方ににていたので、自分ながらかなしくなりました。そして、その子どもたちが、私のもっていった本の中で、一ばん喜んだのも、絵本でした。

あとで、先生に聞いてみると、生徒の中で背の高い、はっきりした顔だちの子は、役場に勤めている人の子どもでした。

その後、私は、「だれか私に五万円くれないかなあ」と、友だちに話していました。三カ月、この子どもたちに、毎日牛乳をのましてみたいと、私は考えたのです。そうしたらきっとこの子たちの目つきに、理解の程度にちがいが出てくると、私には思えてならないのです。

戦争を子にどう話すか

どんなにたくさんの財産を残したとしても、戦争といういまの大人にしか語れない、かけがえのない体験をこどもに話さなかったとしたら、その親はりっぱな遺産を残したとはいえないだろう。

そして、その体験をどう話したらよいかときかれれば「自分たちがみたこと、感じたこと、考えたことをありのままに」という以外に答えはないと思う。

もちろん、小さなこどもにも、原爆の写真をむき出しでみせろというのではない。そうした写真のショックは、こどもには強すぎるし、悲惨なようすはたとえ話下手なお母さんでも言葉だけで十分伝えられるだろう。

戦争について話すことは、八月十五日だからと、あらたまってもだめ。それは民話のように、おりにふれてくり返し語り継がれ、少しずつこどもの心に深い根をおろしていくことが大切だからだ。

そして、戦争の悲惨を語るには、いまおたがいを大事にするということから始めなければならないと思う。それにはふだんからの親の、とくに生命を生み、育てる母親の態度がたいせつである。

私は戦争の悲惨を、本当の意味でもっと感動的に美しく語ってくれる作品が児童文学の世界にも生まれなければならないと考えている。またチャンバラ的でない、歴史としての戦争をとらえられる作品をほしいと思う。

しかし、親が実際に体験したことを率直にきかせることは、こどもにとってはどんな名作にもまさって感動深く、印象が強いのではないかとも思う。

「えたいの知れない」子どもたち

このごろ、ある村の小学校に時どき出かけて、子どもたちと話しているが、むかしにくらべて、教室の空気のあかるいのに、うれしくなる。

私たちの子どものころは、金もちの子、金のないうちの子、見ただけで何か感じられたが、私が新しく知りあった子どもたちのクラスでは、はたから、そんなことはちょっとわからないくらいだ。農家の子どもだから、みな一様によごれているし、東京の子より小さくて、やせてはいるが。

民主主義の教育は、お行儀をやかましく言わないし、時間中も先生をおそれないで友だち同士しゃべったりしているし、古い人間は、ちょっととまどわされるが、この明るさは、何物にもまして守らなければならないと思わされた。

ところが、先日、ある人が、戦後の子どもは、えたいの知れないものに育ちあがるんじゃないだろうかと言ったという話を聞いて、私は、びっくりしたのである。私は、戦後の子どもこそ、いままでの抑圧をはらいのけた、まともな日本人に育つだろうと考えはじめていたから。

私は、その人の話を直接聞いたわけでないから、その「えたいの知れない」とは、どんないみか、くわしく聞けなかったが、私たちに理解しにくいといういみなら、それは、たしかだろうと思った。

まあ、いまの世の中に、はじめて生まれて、ぽっかり太陽をあおぐ、新しい生物の感じようを、その身になって考えてみる必要があるようである。私は、その子たちに、太陽や愛情の方へどん欲な手をのばしてもらいたい。おもしろくないものは、おもしろくないと言ってもらいたい。混乱している世の中で、私たちに理解できないその子たちをまっすぐに育てる方法は、愛情と信頼だと、私には思えてならないのだ。

家庭文庫研究会会報

とびたとうとする鳥

いつごろ、私の頭にそういう考えが生まれたのか、私にもわかりません。とにかく、子どものためのたのしい図書室というものは、ここ二十年ものあいだ、いつも私の頭にえがかれていました。

それは、「夢」などということばを使うには、あまりに平凡で、毎日的なすがたをもっていました。具体的にお話しするなら、それはあまりりっぱすぎない、あまり広くない、ひとつの部屋でした。そして、部屋の一つのがわは本棚になっていました。本棚の前には、子どもがいく人かいて、坐ったり、ねころんだりして、本を読んでいます。私の頭のなかの子どもたちは、おぎょうぎとは、あまり関係がありません。ただし、おぎょうぎなどは忘れて、本に読みふけっているというのが、私の図書室の不可欠の条件になっていました。

よくよく考えてみると、この夢想の図書室は、小学校時代、町はずれの家から、これも反対がわの町はずれの学校まで、幼い足にはかなり遠い道を「アラビアン・ナイト」や「鉢かつぎひめ」に読みふけりながらいったり来たりした天かけるようなたのしさを、いつまでも自分のそばにとどめておきたいという、私の無意識のねがいから生まれたのかもしれないと思うことがあります。

しかし、こんなことを考えるのは、私ひとりではない証拠には、もう二十年近くまえ、私が、ある夫人にこの話をしたら、その人は、即座に、その人のもっていた借家を、一軒無料提供してくれました。私は、それこそ夢中で、本をかき集め、家の掃除をし、壁に絵をはり、そして、子どもをかき集めました。

土曜日ごとに、子どもが本をよみに通ってくるようになりました。

しかし、それは、もう中国との戦争がはじまっている頃でした。つぎつぎにおこる悪条件のため、すべり出した小図書室は、何ヶ月かでおしまいになりました。

その後、激動した十何年かのあいだ、私もあちこちに移りすみましたが、私の子ども部屋が、まるでだいじな引っこし荷物のようにいつも私と一しょに歩きまわっていたことは、ふしぎといえば、ふしぎです。そして、今度、私の荻窪の家の改造と同時に、現実に、本棚のある、あまりりっぱすぎない、広すぎない部屋が生まれたことは、私にとっては、たいへんうれしいことなのです。

そして、またふしぎにも、二十年近く前、私をはげましてくださった村岡先生、それから、その時は、まだお友だちでなかった土屋さん、浮田さんにひっぱられて、私の子ども部屋は、どんなとびたちかたをするのか、私には、心配であると同時に、たいへんたのしみなことです。

自分の子

たいへん話しべたの私が、最近、勇をふるって何度かPTAの会合に出て、お母さんがたと話しあいをしました。このごろの子どもたちのための出版情況、子どもたちの読書傾向を見ていると、どうしてもお母さんたちと談合する機会をできるだけつかまなければならないと考えたからです。

ところが、そういう会で、私は、きまって「家の子どもは、三年の女の子ですが、漫画ばかりで…」とか、「家の子は、もう高等学校へいっているのに、漫画ばかり…」とかいう質問の一せい射撃にあいました。

じっさいのところ、私は、ある時は、あるお母さんたちの思いあまった表情にたじたじとなりました。私は、そういうお子さんたちを、一度も見たことがないし、そこのお宅に伺ったこともないのです。私がならべる、二、三の一般的な例や工夫は、そのお子さんたちには、きっとあてはまらないのだろうと思うと、私自身また、たいへんもどかしい気がしました。しかし、私に確信をもって言える、一つの答がありました。それは、お母さんたちが「自分の子」だけを、真空のようにバイキンのないところにおいて育てることはできないということです。「自分の子」を健康に育てるには、やはり、「ひとの子」も、健康な場におかなければならないということです。それには、やはり、「自分の家」のことだけ考えていては、だめなのです。

そこで、私が、お願いしてきたことは、少しでも、まわりのお母さんたちにくらべて、いろいろないみで、余猶のあるお母さん、――または、お父さん、兄さん、ねえさんでもかまいません。――は、その余猶を、近くの子どもたちに提供していただきたいということです。縁がわのすみ、一冊の本、一人のおとな、それで、一つの読書会、または、紙芝居会がはじめられます。

「オット」の話

このまえ、私たち「家庭文庫研究会」の例会の時、私たちは、知らないまに「オット」について十分ばかり論じあい、何を私たちが話しているかに気がついて、笑ってしまったことがありました。

話のおこりは、私が、あるお母さんから、たいへんうれしいおたよりをいただいたのです。その方は、この会報をお読みくださって、「自分たちもじっとしてはいられない、自分も地域の子どものためにおなじような仕事をしたいと考えるのだが、一ばんの難点は、夫が、自分のこうした仕事をこのまないことです」と書いてくださったのです。

私たちは、本がたりない、どの本を選んでいいかわからないということのためには、具体的に書いてくだされば、少しのお手つだいはできるように、私どもの運動をすすめております。しかし、こういう一家のなかの問題はどうしたらいいものでしょうか。私が、そういう問をだしましたら、御自分もおなじ問題をもったことのあるAさんは、言下に、

「それは、オットのるすにはじめてしまうことです。」と言いました。「それも反抗的でなく、自信をもってね。そして、その仕事を着実に進めていくのです。すると、ふしぎなものでね、子どもたちのなかから、イソップのお話みたいに、ライオンに話すヒツジのような子どもが出てきましてね、たまたま、主人のいる時にも、うまくふところにとびこんで、話をつけてしまうんです。

それは、家の場合でも、おもしろかったんですよ。しまいにね、主人が『きょうは、何ちゃんがこないね』なんていいだしたんです。それはもう、イソップそっくり……」

私たちは、口ぐちに、そうだそうだと言いあって「オット」論をしたのですが、物ごとを明るい面から解決していくという、そのAさんの態度を、すべてのお母さんに

お見せしたいと、私は考えながら、その話をききました。

うてば、ひびく

「かつら文庫」が誕生して、九ケ月になりました。本をならべたり、机をおいたりしながら、漫画のない場所に子どもが集まってきてくれるかしら、と心配したのはこちらの心配しすぎだったということがわかりました。

「かつら文庫」は、土曜の午後と日曜は一日、つまり一週間に一日と半日だけ開くのですが、土曜日に私たちがお昼ごはんをたべていると、ぬき足、さし足、小さい足音が近づいてきて、四つのヒロちゃんの顔が、ガラス戸からのぞきます。約束の午後一時にならないので、まだいってはいけませんよと、お母さんに言われているのに、待ちきれないで、出かけてくるのでしょう。

「はいってもいいわよ、ヒロちゃん。まだだれもきてないから、ひとりで読んでいなさいね」と、私たちは、もぐもぐごはんをたべながら、声をかけます。

ヒロちゃんは、心得たもので、ひとりで文庫へあがりこんで、本棚から絵本をとりだします。ヒロちゃんは、まだ字が読めません。けれども、ヒロちゃんの絵の読みかたの正確さにはおどろいてしまいます。絵を読みながら、私たちに話してくれるお話は、ちゃんとあたっているのです。

こうして、ヒロちゃんを皮きりにして、子どもたちは、ポツポツ集ってきて、たいていの日に十五、六人から、二十人集ります。子どもたちのとびこんでくる足どりでかれらの気もちがわかります。

子どもたちは、うてば、ひびくんだということを、この九ケ月が、私たちに教えてくれました。私たちのすることは、子どもたちに「ああしろ、こうしろ」ということでなく、「ここに本があるから、いらっしゃい。みんなが来てくれると、うれしいんですよ」という態度で、待つことのようです。

自分たちも、文庫をはじめて見ようかな、と思っていらっしゃる、お母さん、おばさん、おじさんたち、どうぞむずかしく考えすぎないで、縁がわとか、または、日によってあいてるお部屋の片すみででも、おはじめください。家庭文庫研究会では、うてばひびいて、おてつだいしたいと考えています。本の貸し出しセットも用意してございます。

この一年

また三月一日がめぐってきて、「かつら文庫」が誕生して満一年と知った時、「おや、もう一年たったのか！」と、しんからおどろかされました。近くの子どもたちが集まってくれるかしらと、こわごわ、家の垣根のわきに立て札をした時のことが、きのうのように思われます。

この一年、子どもたちは、休みなく本を読みに通ってきました。最初どっとおしよせた子どもたちのうち、こなくなった子もいます。けれども、最初は、こなかったけれど、少したってから来はじめた子もいます。そして、いまでは、はっきりした固定会員のようなものができてきました。その子たちは、土・日になると、待ちかねたようにして、「こんちは！」と、とびこんできます。

「かつら文庫」には、漫画も雑誌もありません。あるのは、本だけです。しかし、そこにある本なら、どの本をだしても文句はいいません。あれにしようかな、これにしようかな、と、自分で選んでいる子どもたちの顔は、たのしそうです。

また、土・日のうち、どちらかに「文庫のおねえさん」の読んでくれる短いお話を、みんなで一しょに聞きます。

もう五年、六年になった子どもたちは、一年間にどのくらいかわったか、はっきり見さだめることは困難です。しかし、小学一年の子の変化には目を見はらせるものがありました。

字をすこしも読めないで学校にあがったT子ちゃんは、興味につられて、半年ぐらいのうちに、ひらがなの本はどんどん読み、「もっとこういう本はないの」と、註文していました。

学校にあがる時、もう字の読めたNちゃんは、このごろでは、たくさん、漢字のある本を読んで、

「それ、あなたに少しむずかしいから」

といっても、もって帰ってしまいます。

私は、これを、学校の勉強がよくできるようになるという例にお話しているのではありません。勉強がよくできることもたいせつです。しかし、文庫は、それとはべつの、心をふとらせ、ゆたかにするための場所です。

前からあった「道雄文庫」「土屋文庫」「クロバーこども図書館」それに、今年あたらしくできた「もと子の文庫」「名倉バス文庫」そしてまた、全国にちらばっている、子どもの読書に興味をもつ方々と一しょに、今年も歩きつづけましょう。

よい本を、もっとたくさん

またまた、暑い夏がやってきました。

満二年前の、ある暑い日を思いだします。

それまで、東京のあちこちにちらばって、てんでんばらばらに、子どもの読書ということに興味をもって、その方面で小さな活動をしていた者六人が、より集って、家庭文庫研究会というものをつくりました。

この会の仕事は、けっしてはでなものではなく、また金銭的な報いにも関係のない、じみなものです。会員各自が、各々の家庭を開放して、地域の子どもたちのためにやっている図書室の運動を助けあい、また、新しくそのような試みをしてみたいと言われる方々にお手つだいしようというのでした。

それから、二年、研究会の歩みは、どんなものだったでしょうか。私たちは、現実に、目の前にいる子どもたちと一しょに歩もうという方針をとったため、ことさら、ぱっとした、はでなやり方はさけてきました。それでも、二年をふりかえると、一歩一歩、かたい前進だったことを喜ばずにいられません。

私たちの文庫にくる子どもたちの興味が、どんなところにあるかということが、しだいにはっきりしてきましたし、また、名倉バス文庫、鈴木もと子の図書室というような、記念すべきお仲間もできました。新しく文庫を開きたいから、どうしたらいいかと、会員たちのところへ見学に見える方もふえてきました。

何よりも貴重な収穫と思えるのは、私たちが、子どもには、こういう本をと主張してきたことが、じわりじわりと、出版界や公共図書館の動きに見えてきたことでしょう。

第三年目の活動を「子どものためによい本をもっとたくさん」ということにおきたいと、会員たちは、心の準備にいそがしいところです。

おとなはじっとしている

　このふた月のあいだ、九州、関西と、私にしてはめずらしい遠出をして、多くのお父さん、お母さん、先生がた、児童図書館員の方がたと話す機会をもちました。どこで出たのも「子どもと本」の問題でした。

「家の子は、朝から晩まで、漫画ばかり読んでる。わしは、どなりつけてやるんだが、あれは、どうしたら、いいのかね」と、あるおじいさんはいいましたが、これと同意見の人は大ぜいいました。

「おじいさん、どなっちゃだめですよ。それよりも、おじいさん、一度でも、孫さんに昔話をしてやり、本を一しょに読んでやったことがありますか？」

　というと、おじいさんは、とんでもないというように横をむいていました。

「一しょに本を読めとか、内容を知れといっても、児童図書館の仕事は、いそがしくて、じっさいに書棚にならんでいる本を読んでいるひまはないのです」と図書館員はいいました。

「どうしていい絵本は高いのですか、買ってやろうと思っても、買ってやれません」というお母さんもいました。

　どれも現状をなげきながら、子どもをいい本のほうへ近づけるためには、手を出さない状態ではないのかなと考えさせられました。

おじいさんは、自分が幼い時にしてもらったようなことを、一週間のうち三十分、孫にしてやれなかったでしょうか？　児童図書館員は、一日に三十分、本の整理ではなく、本の話を子どもたちとできないものでしょうか。児童図書館のほんとうの仕事は、いったいどっちなのでしょうか。お母さんは五、六人のお母さんたち共同で、一月に一冊のいい、お話のある絵本を買えなかったのでしょうか。

子どもたちを見ていると、私たちのなげいている目前の壁は、くだいてみると、案外うすいという気がするのです。

読書の第一歩

もし駅に用事のある人が、正反対の方向に歩いていたり、反対でないまでも、あっちへふらふら、こっちへふらふら迷っていたら、はたからそれを見ている人は、「ちがいますよ、駅はあっちですよ」と注意したり、「あんなにぶらぶらしていいのかしら」と、気をもんだりするでしょう。

目的地が、このように目に見える場合は、私たちは、すぐそれに気がつくのです。ところが、歩いている道が、目にはっきり見えない場合は、どうでしょう。

たとえば、子どもの教育については？　幼い子のための本については？　私たちは、六つになれば、それからいろいろなことを学んでゆくと、一応、安心して、幼い子をとりまく環境を、うっかり見すごしてはいないでしょうか。

ところが、一つから五つまでの子どもの頭脳の発達は、うっかり見すごしてはいられないほど、大きく、すばらしいもののようです。生まれたてで、おっぱいをのみ、おなかがすけば、なきさけぶ赤ちゃんは、動物の赤んぼと、能力は、あまりちがいません。けれども、五つの子どもは、りっぱな人間です。話し、考えることができ、まだ字は読めない、意見の発表も十分できないけれども、頭の中の活動はさかんです。

最近、幼児の絵本に対する要求を、百五十の幼稚園で調べた結果を見ておどろきました。三才では六十％以上が、一頁一頁で、題材がきれぎれになっている絵本をこのみ、四才では、おなじ割合の子どもが、三、四頁お話のつづいている絵本をこのみ、五才では、圧倒的に絵本全体が一つのお話になっているものをこのんでいます。

学校へいくまえの子どもの頭は、けっして眠ってはいないのです。土台建設ははじまっているのです。

幼い子に、たのしい、いい本を！　一人の人間の読書生活の入口である絵本を、もっと大事に！　と、私たちは叫びたいのです。

あるおもしろいブック・リスト

先日、あるお母さんと話していた時のこと、その人からこういうことをいわれました。

「私の家の子どもが、一年生だもので、『一年生の童話』というのを買ってきました。すると、なるほど、ひらがなで、短いお話は集めてあるのですが、子どもに読んでやると、どうもむずかしくてわからないらしいのです。これは、うちの子どもがおくれていて、ほかの子どもさんにわかることが、わからないためでしょうか。」

私は、そのお母さんのいう本を目のまえに見たわけではないので、はっきりしたことはいえませんでしたが、こう返事しました。

「いいえ、それは、お子さんがおくれているためではないと思いますよ。よく出版社では、『×年生の童話』とか、『むかし話×年生』とかいう標題で本をつくりますが、学年別の分け方が、その本に使う字を教科書にある字にあわせることに一生けんめいで、話の問答のほうは、あまりその年ごろにあてはまらないでもすますことがちょいちょいあります。あなたのような疑問をおもちになった場合、どうかその疑問を自分のなかだけで立ちぎえさせてしまわないで、出版社に手紙をだすなり、ほかのお母さんと話しあうなりして、子どもの本が、すこしでも子どもの心にぴったりしたものにする方向にむけていっていただきたいのです。」

もちろん、子どもは一人一人がちがっています。けれども、大ぜいの子どもを見ていると、子どもの心は、やはり大ざっぱにいくつかの段階を通って成長していくことがわかります。一、二年には、その子どもたちなりの活動、また、三、四年には、その子どもたちの考え方があるわけです。そこで、私が考えるのは、ある子どもが、ある年代にすきですきでたまらなかった本、そういう本の名を、大勢のお母さん、先生たちから集めて、それにおとなの目で取捨選択した時、あるおもしろい本のリストができはしまいかということです。

ねばりづよい前進

いま私の前に、家庭文庫研究会の会報、第一号から十七号までがならんでいます。第一号が出たのは、研究会が発足してから四ケ月目の昭和三十二年十二月でした。

もともと家庭文庫研究会は、東京のあちこちで自分の家の一部を近所の子どもの図書室に開放していた者、また、そうしたいと思っていた者が、てんでんばらばらにいるよりは、わからないことは聞き合い、よかったことは知らせあおうと寄り集った、ごく小人数の会でした。それが、四ケ月めには、この企てを自分たちだけで終わらせたくない、日本のすみずみで、おなじ気もちでいる人たちにもお知らせし、その人たちとも助けあい、はげましあってゆきたいと、この会報を出すところまで、小さいながら一つの発展をとげました。

雪だるまに雪ぐつのカットのついた第一号ができた時は、私たちは、これからどう育っていくかわからないが、とにかく、かわいい赤ん坊を日の前にした時のように、よくできた、よくできたと喜んだのでした。それから二年、いま一号一号と読みかえしてみますと、私たちのじみな、それだけにごまかしのない足どりが、末広がりにひろがってきていることが、よくわかります。ある号では、新しいお仲間のできた報告があります。ある号には、地方の方へ貸し出し文庫がはじまったことが記されています。

そして、この十二月、私たちの運動は、一大飛躍をしようとしています。研究会でもう一年以上も話しあってきた、幼児にぴったりした絵本の出版をという願いが、福音館の助力によって実現したからです。チリもつもれば山となる。この古いことわざを、私は思いだしました。これは、年のおわりに思いだすには、幸先のよいことばです。来年も、研究会のお友だちみんなにとって、ねばりづよい前進でありますように!

われらの絵本 第二弾

私たち家庭文庫研究会のメンバーが、福音館書店の協力を得て、去年のくれ出版した絵本「シナの五にんきょうだい」と「100まんびきのねこ」は、幸い、これを読んだかぎりの子どもたちから大歓迎をうけました。

この二冊の本の成功は、ある本が印刷され、世に出たというだけでなく、私たちにとっては、それ以上の喜び、感慨があります。

この二冊は、もともと英語の本ですが、五年のあいだ、私たちメンバーの文庫において、子どもたちから愛された本でした。私たちは、それをながめ、喜ぶ子どもたちを観察して、よい絵本とはどんなものかを勉強させられました。そしてその子どもたちの喜びを、いっそう多くの日本の子どもたちに分けたいと考え、日本語訳を思いたったとき、原著者がわからも、日本の出版社がわからも、ふつうの商取引以上の善意の手がのべられ、私たちの希望はかなえられたのでした。

その善意、努力の結果が、日本の子どもたちに迎えられた、とすれば、私たちは、大いに喜ばないはずはありません。

さて、あの絵本のあとの絵本は？　という問が、その後、しきりに私たちの手もとにとどきます。

ところが、外国の絵本の日本語版は、出したければすぐ出すというほど、かんたんにできるものではないのです。まず外国の出版社との間にめんどうな手紙の往復を重ねなければなりません。訳した原稿は、小学校や幼稚園、保育園の子どもたちに読んできかせて、ことばのひびき、理解しやすいかどうかを考えてみなければなりません。私たちは、いま一生けんめい「100まんびきのねこ」「シナの五にんきょうだい」のあとにつづく「アンディとライオン」「ちゅうちゅう」の準備をすすめています。そして、やがて近い将来には、日本の絵でかざった日本のお話の本を子どもたちに賜る――これが私たちの理想です。

子どもの本を子どもに直結させよう

おもしろいもので、子どもたちといっしょに、三年、四年と本を読んでいると、いろんなことがわかってくる。たとえば、ひとりの子どもは、どんな順序で本を読んでゆくかということである。

はじめ、三才で文庫にやってきた子どもは、もちろん、絵本きりわからない。そして、断片的なことだけに興味をもつ。しかし、たちまち、すじのあるお話にとっつき、やがて、五才ともなれば、かなりながいお話も、じっときいているようになる。小学一年になったころには、字がたくさんあって、六、七十ページの本は、容易にこなすことができるようになる。そして、それが、全部ながいひとつのお話でうずまった本である時、子どもは「ああ、ひとつの本を読みあげた！」という満足をもつ。

ところが、小学一年、二年、三年、四年の子どもたちのために、世の中でだしている本には、どんなものが多いだろうか。いわく「おとぎ話集」、いわく「世界童話全集」というような、分厚い、お話のたくさんにつまった本である。子どもたちは、そういう本が、文庫の書棚にならぶと、「また大きい、重い本か」という。たのしみの読書は、きちんと机のまえにすわって読むとはかぎらない。これらの全集は、ねころんで読みたい時、子どもの手にあまるのである。

　では、なぜ、つぎからつぎに「全集」ばかりが出るのだろうか。うすい、安い本は、もうけが少ないから、小売屋さんが喜ばないのである。しかし、いったい、子どもの本は、だれのためにつくられるべきだろうか。

　わたくしたちおとなは、もっともっと子どもの要求を観察し、内容もていさいも、子どもに合い、子どもの求める本をまもってゆかなければならない。

たのしい読書

　このごろ、子どものための読書運動が、ずい分さかんになってきたようです。六年まえに、私たちの家庭文庫研究会が発足したときとくらべると、このことにたいする、おとなの関心は、たしかに大ちがいという感じをうけないではいられません。

　けれども、ひとつ心配なのは、このおとなたちの熱心が、熱心なあまりに、子どもの重荷になりはしないかということです。

このごろ、私の家の「かつら文庫」に見えるおかあさんがたが多くなりました。私たちは、なるべく、お子さんは、お子さんだけでよこして下さいといいます。あるおかあさんは、しばらく、文庫のようすを見ていてから、「おたくでは、読書指導はしないのですか」とききました。そのひとは、文庫を、本の読み方を教える塾のようなところだと思っていたようです。

家庭文庫研究会（ばかに名まえがむずかしすぎるのですが）の文庫は、そういうところではありません。なるべく、私たちがよいと思う本をそろえておいて、そこへ子どもをほうりだし、自主的に本をたのしむすべを身につけてもらいたいという試みなのです。

一人のんびりやってくる子どもたちを見ていると、子どもたちには、そういう能力があるのだということが、よくわかります。

学校以外のたのしみの読書まで「この本をお読みなさい」「この本は、こう読むべきですよ」といっていたのでは、子どもの伸びやかな成長をさまたげてしまうでしょう。

人間のものの感じ方、学びとり方は、千差万別です。いきおいよく、本を返しにきて、その本のカードに三重丸をつけて、本だなに返してくれるとき、その子は、本の世界でひとり歩きしだしたな、と、私たちはうれしくなるのです。

最近うれしかったこと

すこしまえ、ある知人から、子どもの本の選択をたのまれました。

知人の話というのは、こうでした。

その人の友人で、宝石商として成功しているAさんが、まい年、自分の卒業した小学校に本代を寄附している。しかし、ことしは本と本箱を実物でもっていきたいといっているから、かわりに選んでくれないか、というのでした。

その小学校が、ごくいなかにあること。また本は、ねだんに関係なく、三十冊であることをたしかめてから、私たちは、本を選びはじめました。（私たちというのは、私の家にある「かつら文庫」を手つだってくださるTさんと私です。）

子どもたちが、ごくいなかの住人である場合、あまり高踏的な本を選んでもだめです。まず視覚的にも、子どもをひきつけ、物語もひろい層の子どもたちの心をつかむようなものでなければなりません。さりとて、どぎつい色のさし絵や、くすぐりたくさんの話は、いれたくありません。

こんな考慮のすえ、漫画的要素のある、しかし、絵はりっぱな絵本、美しい色刷りの写真のついた科学書、民話的要素の多い物語類三十冊が、Aさんの手で、その小学校にはこばれていきました。その本にそえて、私は、読後感をむりにききださないでいただきたい、気らくに子どもたちに手にとらせ、子どもたちのようすを見ていただきたいと、先生方におねがいしておきました。

しばらくして、そこの校長先生から、「前に買ってあたえた本は、あまり読まないのに、こんどの三十冊には、子どもたちがよってたかります。なぜなのでしょう。」というおたよりをいただきました。

「かつら文庫」で、この六年、子どもたちと本を読んできたことが、いったい、子どもたちは、どんな本をこのむかということについて、私たちにある指針をあたえてくれたのだ。と、私は、たいへんうれしかったのです。

春の東京だより

先日、東京の港区芝増上寺の門前にあるアメリカ文化センターという図書館で、子どもの本に関心をもつものにとって興味ある会合が催された。この図書館は、アメリカの文化を日本に紹介することを目的として開かれている図書館で、主任のスポフォードさんも、当然アメリカの婦人である。

いま、この人の下に、アメリカの図書学校を卒業し、じっさいに児童図書館で子どもと本を扱ってきた日本の婦人が二人働いている。せっかく、こうした人たちがいるのに、日本の児童図書と何の関係ももたないでいることは残念だ。何か役だつことはできないか、こうしたスポフォードさんの発案で、二月十四日、六十人ばかりの人たちが、アメリカ文化センターの講堂に集ったわけだった。

集った顔ぶれは、出版社に働く人あり、教師あり、母親あり、作家あり、学生ありで、さまざまだったが、こうした人たちが、外国の子どもの本の展示を見ながら、お茶をのみながら、日本の本、外国の本、図書館の状態などについて話しあった。むずかしい討論会ではなく、どうしたら、日本の子どもの本をよりよいものにし、また読書の環境をつくってやれるかということについての話しあいだった。この話しあいで、一ばん喜ばれたのが、お母さん方であったように、私には見うけられた。

第一回は、総論的なものだったが、第二回からは、絵本について、図書館について、出版についてというように、こまかいことにはいっていくようである。そして、特筆したいのは、第二回めには、家庭文庫研究会編、村岡花子氏訳で出ているすばらしい絵本「いたずら　きかんしゃ　ちゅうちゅう」や「ちいさいおうち（岩波の子どもの本）」の原著者、バージニア・リー・バートン女史が、ちょうど来日して、出席されることである。

何かいいことが生まれてきそうなこの会合のことは、これからも、この会報でお知らせしたい。

「家庭文庫研究会会報」を終えるにあたって

私たち——子どもの本や読書の問題に興味をもち、また、家庭で文庫を開いたりしている者——六人が、話しあい、助けあいの場をつくる意味で、家庭文庫研究会を発足させたのは、昭和三十二年の八月でした。

そのよく年の一月から、この会報が発行されはじめ、以来七年、会報は四十一号になり、この号で終ろうとしています。私たちだけの話しあいでなく、日本じゅうの友だちと語りあおうとして会報をだしてきた私たちとしては、ふかい感慨をもたないわけにいきません。

しかし、これが、しょぼしょぼとちぢんでおわる解散ではなくて、さらに大きなものとの合流であるのは、何とうれしいことでしょう。公共図書館活動の一部である、児童図書館研究会の会報「こどもの図書館」にページをいただいたことではありますし、いままでの家庭文庫研究会の会友の方たちは、ぜひこれの会員になっていただきたいと思います。

この七年半の私たちの仕事をふりかえってみると、試行錯誤をくり返した年月でありましたが、やはりずいぶん大きなものを学んだということにおどろかずにはいられません。まず第一に、本に対する子どもの反応を、かなりたしかに見ることができるようになりました。これは私たちが、本を選択する場合に、大きな力になってくれます。

それから、私たちの文庫にくる子どもたちに愛された外国の絵本を、日本語の本として出版することもしました。最初の「シナの五にんきょうだい」と「100まんびきのねこ」が、福音館書店との協力で世に出てから、日本の絵本は、かなり形をかえてきたといっても、あまり大げさではないでしょう。

私たちは、この学んだことをおみやげに、児童図書館研究会にはいろうとしています。

家庭文庫研究会の会友のみなさん、これからもいっしょにがんばりましょう。

ファンタジーについて

1

子どものための文学のなかにも、いろいろの種類のものがあります。ちょっと考えただけでも、わらべうた、昔話、少年少女小説、歴史小説、科学小説、冒険小説、動物小説、ファンタジー（架空小説）をならべることができます。

そのなかのファンタジーについて、これから、すこしずつ、私なりの考えを書いていってみたいと思います。

ファンタジーというのは、いったいどういう種類のお話でしょう？　ファンタジーのなかには、まい日、私たちが見聞きする現実の世界にあらわれないことが出てきます。たとえば、魔法です。また妖精のでてくることもあります。動物が口をきいたりします。しかし、魔法や妖精は、昔話（民話）にもでてきます。すると、昔話は、ファンタジーでしょうか？

ところが、昔話は、ファンタジーとはいいません。昔話は、だれが作ったとも知れず、ながいあいだ口伝えにつたわってきたお話です。ファンタジーは、はっきり一人の作家の心に生まれた、ふしぎを含むお話をいうのです。ですから、英語では、昔話を「フェアリーテールズ」、ファンタジーを「モダン・フェアリーテールズ」と分けるときもあります。

2

この会報の前号で、ファンタジーとは現実には存在しないふしぎのあらわれてくる物語だと書きました。そして、昔話にもふしぎはあらわれるが、昔話はファンタジーとはいわないと書きました。つまり、ひとりの作家が創作した空想物語だけをファンタジーとよぶのです。しかし、ファンタジーが、この世にあらわれてきたいきさつをつきとめるには、昔話にまでさかのぼって考えるのが、一ばんわかりやすいようです。

私たち人類は、古い古い昔から口伝えにしてきた文学をもっていました。その中には、昔の人たちが信じていた、ふしぎな考えが、たくさん盛られています。たとえば、大昔の人たちは、自分たちに理解できない自然の現象を説明しようとして、四季の移り変わりを人格化して、冬を氷の巨人だと考えたりしました。川にも、水にも、神様や妖精がついているとも考えました。

さて、このような文学を生んだ、大昔の芸術家たちは、文字こそ知りませんでしたが、感性すぐれた人たちでしたので、代代かかって語りつぐうちに、いま私たちのもつようなりっぱな形の昔話をつくりあげてしまったのです。

そのうち、文明が進み、科学が発達し、文字が普及しだすと、人間は、考えることもだんだん複雑になり、妖精や魔法を信じなくなりました。それと同時に、口伝えの文学とは別の個人の作家が、自分ひとりの頭の中で感じ考えたことをつづって、個性のある文学が生れはじめました。

おとなのための文学は、ここで、かなりはっきり、妖精たちと別れて、現実的なまたは、人間の心のなか（意識の世界）の問題をとりあげはじめました。

このとき、子どものためにも、私たちの目の前に見える生活をとり扱う、リアリスティックな物語が、作家たちによって書きはじめられました。けれども、おもしろいのは、子どものお話を書く作家たちは、妖精や魔法をも見すてないで、新らしくファンタジーとよばれる、こういうものの活躍する、たいへんおもしろい部門の文学を開拓してしまったということです。これは世界的にいって、いまから百五十年くらい前のことで、その大先達は、ハンス・アンデルセンです。

3

会報三十五号では、世の中が進むにつれて、それまで長い間、庶民のあいだに伝えられてきた、原作者不明の昔話とはべつに、個人の作家が作りだす子どものお話があらわれてきたこと、そのなかには現実的なお話もあり、妖精その他のふしぎなものの活躍するファンタジー（空想物語）もあったことを述べました。

では、科学が進歩し、昔の人たちがふしぎと思ったことが、ふしぎでもなんでもなくなった今日、なぜ子どものためにだけ、こうしたふしぎの存在する物語がつくられるか。この理由は、私が考えるところでは、大きく分けて、大体三つあるように思えます。

一つは、読者である子どもの物の考え方に関係しています。子どもは、幼ければ幼いほど昔の原始人とおなじような状態におかれています。つまり、子どもは、未知の世界に生まれてきて、生来の想像力や好奇心をたよりに、途方にくれたり喜んだりしながら、手さぐりで前進しはじめます。こうした思考方法は、人類が未開の時代にたどってきた道すじによく似ています。たとえば幼児時代、人間は、石も自分とおなじように物を感じると思ったり、鳥が口をきくといっても、不自然とは思いません。

しかし、こういう子どもたちも、現代に生きているのですから、すぐさま、いろいろなことをおぼえ、石や鳥は、人間とはちがうということを知ります。けれども、たとえそういうことはわかっても、子どもは急にそうした心の中の架空な世界から「はい、さようなら」と縁を切るわけではありません。子どものなかにはそのようなふしぎを半ば信じ、半ば望む気もち、そうであるふりを楽しむ気もちなどがいりまじって住んでいるからです。おとなになると失われる、この空想力が、子どもを育てる一つの力であり、また、これがあるために子どもはファンタジーの世界に没頭できるのです。

4

前号には、ファンタジー（空想物語）が生まれた理由の一つとして、石や木を生きていると信じる幼児の心理や、その心理からぬけだしてからも、そういう「ふりをして」たのしむ子供の心理をあげておきました。

私の考えるもう一つの理由は、この第一の理由と表裏のように重なりあっています。つまり、それは、物語りを書くおとなのがわの物の見方ですが、世の中が進むにつれて、おとなたちは、子どもはおとなとちがうのだ、子どもには子どもの感じかたがあり、その感じかたにピッタリ照応するお話に出あったとき、子どもは真からたのしむことができるのだということを、理解するようになりました。

そのように、子どもを子どもなりに尊重し、一人前の人間として遇しようとした時、空想の世界の物語は、はっきりその価値をみとめられることになりました。

と同時に、一方では、こうした物語を書くことが、自分の哲学を発表するのに、一ばん適した方法だと考える作家たちがあらわれたことが、第三の大きな理由でしょう。

このように、たがいに交錯しあった、複雑な世の中の状態から、ファンタジーは、十九世紀のなかばから、文学の世界にはっきりすがたをあらわすことになりました。まず第一に、ばく発的に多くの傑作をつくりだしたのは、デンマークの天才アンデルセンです。

アンデルセンの作品は、それまでお説教くさいお話や、そうでなくとも昔話だけを聞かされてきた子どもたちにとって、なんという新鮮な世界だったでしょう。デンマークではもちろん、英米、ヨーロッパのその他の国々、また、遠い日本にさえも、アンデルセンのお話は、とうとうとしてひろまっていきました。

しかしそれだからといって、このようなお話を書く人が、すぐに続々とあらわれたかというと、そうではなく、すぐれたファンタジーが生まれる為には、また何十年か待たなければならなかったのです。

5

デンマークの天才、アンデルセンが昔話を記録した（グリムのお話のようなもの）のでもない、教訓的なたとえ話（イソップ物語のようなもの）でもない、それまでにない架空物語を書き出したのが、いまから百年以上前の一八三〇年代から、つぎに、世界的なファンタジーがあらわれたのは、ルイス・カロルの「ふしぎの国のアリス」（一八六五年）です。

アンデルセンがでたら、つぎつぎにこうした物語の書き手があらわれそうなものなのに、でてこなかったのは、まだその頃のおとなには、架空の世界を心に描いて、それをたのしむ子ども心が、よくわかっていなかったからと思えます。人間は、たれも一度は子どもだったのに、それを忘れておとなになり、おとなの目で子どもを判断し、ほめたり、叱ったりします。

世の中が、ふしぎにみちていた子ども時代を、ふかく心に刻みつけ、忘れなかった人、目の前の子どもを見て、その子どもたちの世界にはいっていけた人、そういう人たちが、子どものためのファンタジーを生みだす結果になったのは、ふしぎではありません。アンデルセンも、そういう人であり、ルイス・カロルもそういう人でした。そして、これらの人たちが、新しい種類の物語を書き、世の中の子どもが、それを愛読するのを見た時、大ぜいのおとなが、子どもはおとなとちがった物の考え方をする――ふしぎを信じ、ふしぎをたのしむ世界にすんでいることに気がつき、それを尊重するようになりました。

こうして、「アリス」以後、世の中には、たくさんの架空物語が、書かれはじめましたが、それが、みな傑作といえないわけは、ファンタジーには、いろいろむずかしい条件があるからです。

6

このまえの号に、ファンタジー（創作物の架空物語）を書くことは、なかなかむずかしい仕事だと書きました。

ファンタジーというのは、もともと私達の目のまえの現実世界にはおこり得ない、ふしぎな世界のお話です。それを、いかにもほんとうであるかの如く、読者のまえに出現させ、動物や人間の登場人物（？）を生き生きと活躍させ、読者をその世界にひきこんでしまわなければなりません。そうするためには、作者の想像力、構成力、表現力、物の考え方がなみたいていのものであってはおっつかないのだということは、ちょっと考えてみても、すぐわかります。

たとえば、あるファンタジーの主人公として、ライオンが登場してくるとします。その場合、作者の頭には、そのライオンは、生きてありありと見えていなければなりません。その声音《こわね》、性格、そういうものを、作者は、はっきり知っています。またそのライオンとその物語に出てくるほかの動物や人間との関係が、こまかいところまで、作者の頭にはうまれてきています。つまり、その物語には、その物語としてのりくつが、一貫して通っているのです。そのライオンは、そのライオンらしい顔をもち、そのライオンらしく行動し、口をききます。

そしてまた、作者は、主人公をなぜライオンにしたでしょうか？　なぜサルにしなかったでしょうか？　それは、作者が、ライオンとして描きだしたいものをもっていたからです。ライオンとしてでなければあらわせないもの——強さか、美か、悪か、またはそれらのたたかいか——そういうものを作者は心にもち、抽象的なことばでなく、動く形に還元して、物語にしたい。そう思ったとき、多くのファンタジーの傑作がうまれました。

ですから、それだけのその人なりの哲学とそれを形にかえる力と、それを組立てる力と生き生きとした表現力等々がそろわないと、すぐれたファンタジーが生まれないとすればこの種のお話が、そう続々出るわけにいかないわけもわかります。

7

さて、いままでの号で、よいファンタジーを書くためには、さまざまなむずかしい条件があって、なかなかよい作品が生まれないのだということを書いてきました。

ところが、世界的に見るなら、ありがたいことに、児童文学というものが、文学としての位置を確立し、その伝統が深くなってきますと、おとなのなかには、積極的に子どものためのファンタジーによって、自分の考えをのべようという人たちが出てきました。そして、その人たちが、すぐれた学者や詩人で、思想的にも、表現能力においてもりっぱなものであると、作品は、おのずから深いいみをもつよいものとなって生まれてきます。

世界で一ばんはやく、人民の手で自分たちの人権をかちとったイギリスに、ファンタジーのすぐれた作品が多いのも、興味あることではありませんか。つまりそれは、子どもが社会的に尊重され、質的によいものをあたえるべきだということが、みんなのなかに自発にしみるだけの歴史をもっている国で、はじめてできるのだということを、証明しているようにも思えます。まったく、ファンタジーは、イギリスのお家芸だとさえ思えるのです。

一九五〇年に「ライオンと妖魔と衣裳戸棚」という作品を第一作として、「ナルニア」という常冬《とこふゆ》の国を場面として七冊つづきのファンタジーの大河小説を書いたイギリスの詩人C・S・ルウィスは、「なぜわたしが子どものストーリーを書くかといえば、子どものストーリーが、私のいいたいことをいうのに、一ばん適した形であるからだ。たとえば、音楽家が、葬送行進曲をかく場合、それは、葬式があるからそれにあてはめてかくのではなく、その人の心にうかんだテーマが、葬送曲の形のなかにもっともよくもりこむことができるからだ。わたしがファンタジーを書く場合も、同様である。」といっています。こういうおとなが出てきたことは、子どもにとって、またおとなにとっても、しあわせなことにちがいありません。

本棚

四月の本棚

生まれてまもない、二つ、三つ、四つの子どもたちの頭のなかには、どんなことがおこなわれているのでしょうか。

私たちおとなは、もうそういう年ごろを、遠い昔においてきてしまいました。思いだそうとしても、よういに思いだせません。理解しようと思って、子どもをながめても、なかなかわかりません。それも、むりはないことです。私たちは、子どもの考え方、感じ方をのりこえて──いわば、卒業して、おとなになってきたのです。

しかし、子どもの頭のなかは子どもが話したり、書いたりすることから、私たちが、想像するようなものでしょうか？

子どもは、時どき、とっぴょうしもないことをいったり、わけのわからない絵をかいたりします。そこで、私たちおとなは子どもが、そのような頭もないしっぽもないような物の考え方をしているように思いこみがちですが、そうではなく、幼い子どもは、私たちの想像以上の大努力をはらって、あやまちをおかしては、それを改め、一つのすじみちのとおった世界に達しようとしているということが、チュコフスキーという人の「二歳から五歳まで」という本に書いてあります。

この人は、四十年のあいだ、ひろくソ連の、いろいろな地方に住む親たちの写しとった、子どものことばを集め、そこから、子どもは、どんなものの考え方をしているか、何をもとめているか、おとなはどんなふうにして子どもたちの手だすけをしなければならないかを、抽《ひ》きだしているのです。

この本のなかの政治的な面については、異論もありますが、じっさいの事実にあたって、科学的に子どもの心の働きを、じつにおもしろく、たくみに説きあかしている点、幼い子どもをもつ母親の、一読すべき本です。

ここには空想的な童話が、いかに子どもに必要な心のたべものであるかが説かれています。

そこで、先日、友人からきいたおもしろいお話をご紹介しましょう。その友人の弟の子ども、五つのユリちゃんが、このごろ、朝から晩まで、「かりくらしの小人」といっしょに住んでいるというのです。「かりくらしの小人」というのは、人間がおき忘れたタバコの箱や、指ぬきを、こっそりもっていって、床下で、そういう品物を集めて家をつくり、たのしくくらす人種なのです。ユリちゃんは、何かなくなると、

『かりくらし』がもっていったのなら、あたし、かまわないわ。」というそうです。

私は、その話をききながら、おどろきました。というのは、そのお話は、「床下の小人たち」という名で、私の関係している本屋さんから出版されているのです。その友人は、「どこの本屋さんか知らないけれど、絵本でなくて、大きい子の本ですよ。」といいます。それなら、たしかに「床下の小人」です。私は二重におどろき、よろこばされました。

ユリちゃんが、小学五、六年生の本をひろいよみして、その世界に没入したということも大きなおどろきでしたが、もう一つのおどろきは、この本は、ある小学校の先生から、「たいへんたいくつな本」と批評されて、私たちは、がっかりしていたからです。子どもとおとなとは、このくらいにちがいます。

「二歳から五歳まで」コルネイ・チュコフスキー著　南信四郎訳、三一書房

「床下の小人たち」メアリー・ノートン著　林容吉訳、岩波書店

幼児と民話

先日、私は、東北のいなかで汽車にのっていました。私の前には、おばあさんと孫らしく見える五十ばかりの婦人と五つくらいの女の子がいて、しばらくまえに読んでもらったらしいお話を東北べんで復習していたのですが、それが、なんと、「ジャッ

ク と豆の木」なのです。

私は、東北のいなかですら、「カチカチ山」や「桃太郎」は影をひそめて、イギリスのジャックが子どもたちといっしょに生きているということに、なげきと感たんの入りまじった思いを味わわされたのでした。

ジャックといえば、もう一つおもしろい「ジャックばなし」があります。日本の民話に「天《あま》の邪鬼《じゃく》と瓜子《うりこ》姫《ひめ》」というお話がありますが、東京のある保育園で、そのお話を保母さんが子どもたちにしてやろうとしましたら、子どもたちは、「それ、どこのジャックの話?」ときいたというのです。

いま、日本の子どもには、日本の昔話や創作童話よりも、見たこともない外国にうまれたお話のほうが、近いのかもしれません。

なぜでしょう。

これは、なかなかむずかしい問題です。日本の文化の急激な変化、方言の問題、また、出版の商業主義から、児童本の出版が、子どものためによい日本の本を作りだすという努力をするよりも、手がるに外国の名作をそっくり拝借しておいた方がぶじという考えから、外国名作が世間にハンランして、それに子どもが接するからというようないろいろな原因が考えられます。しかし、やはり、「天の邪鬼」より、「ジャックと豆の木」のほうが、子どもたちにおもしろいのだということが、一ばん決定的な原因ではないでしょうか。

ヨーロッパの民話は、ここ百五十年ほどのあいだ、すぐれた学者、文学者たちの手で、蒐集《しゅうしゅう》され、整理され、りっぱな文学の形に定着されました。そうした民話の一つである「ジャック」には、子どもの心をつかむ、何か力づよいものがあるはずです。

私は、いつも自分の幼時をふりかえってみて思いだすのですが、私のさいしょの読書の記憶は、「したきりスズメ」です。幼い私は、姉のひざに抱かれてその本を見ました。(私は、まだ字が読めませんでしたから。）そして、この小さなスズメの出あった大悲劇に、涙せきあえずという状態におち入りました。その時の私にとって、「したきりスズメ」は、いまの私が読むシェークスピアの悲劇にも匹敵したようです。お話のなかにかくされた教訓は、私にはわかりませんでした。私を感動させたのは愛しているものたちが、無理解なもののために、離別しなければならなかったといういきさつでした。

子どもの生活には、毎日、重大事件がおきているのです。おとなにとっては、つまらないことが、子どもには、それこそ生死に関するできごとのように思える時もあります。そういう事件のくみあわせ、それが、子どもを感動させ、おもしろがらせ、かなしませるのです。子どもの心の成長には、ゆたかな感動が必要なのです。

いま、日本の子どもたちは、どんな日本のお話を読まされているでしょうか。先日ある「一年生」の雑誌をのぞいてみました。すると、その中には、太郎さんが、花子さんの家に、「あそびましょう」とあそびにいって、お庭でいろいろなことをしていると、太郎さんと花子さんのおとうさんたちが、それをニコニコしながら見ていたというお話がのっていました。

こういう話が、子どもにおもしろいだろうか、子どもを一歩でも前進させるだろうか、子どもの想像力を少しでもシゲキするだろうかと、私はふしぎに思いました。やはり、こういう話より、子どもは、「ジャック」をこのむでしょう。

では、実際問題として、どんな話が、毎日、一生けんめいに生きている子どもたちを喜ばせたのしませることができるでしょう。

それを知るために、私たちはもっと民話を勉強する必要があると思います。民話のなかには人類が経てきたさまざまの困難な問題――自然の神秘や、生命のためのたたかいや、貧しさや喜び――がかくされてあります。そして、またそれを克服した人間のチエ、また困難のない世界へのあこがれなどが、だれにもわかりやすく――というのは、長い長い間、人の口から、口へと伝えられて、だれでもがおもしろがる形式で、凝結されているのです。

民話の形が、どのくらい、子どもにのみこみやすく、おもしろいかは、「おだんごころころ」の日本昔話や、「三匹の小ブタ」などを、幼児に話して、ためしてごらんになると、よくわかります。
来月は、この民話の形式を、実さいのお話について、もう少しこまかくしらべてみましょう。

〈日本の昔話シリーズ〉未來社
「とんと昔があったげど」水沢謙一編
「すねこ・たんぱこ」平野直編
〈岩波少年文庫〉―おかあさんの話材に―
「太陽の東・月の西」、「火の鳥」、「ウサギどん、キツネどん」、「錦の中の仙女」、「ジャータカ物語」など。
〈岩波の子どもの本〉―子どもにきかせるために―
「ききみみずきん」、「おそばのくきはなぜあかい」、「ふしぎなたいこ」など。
〈岩波文庫〉
「日本の昔ばなし」Ⅰ、Ⅱ、Ⅲ（関敬吾編）

幼児と民話（つづき）

先日、私の家で、二十人ほどの子どもを集めて、「お話」の会をしました。集まった子どもたちは、わざわざそうしたわけではないのに、学校へいく前の子どもが三人、一年から六年生までが、それぞれ三人から四人という組みあわせになりました。ひろい範囲の子どもたちの反応を見たいという私の希望からいえば、興味ある組みあわせでしたが、お話の語り手、Wさんには、やりにくいだろうと心配しました。ところが、児童図書館員の経験のあるWさんは、「ちっともかまいません。小さい人にも、大きい人にも、おもしろい話をしましょう。」ということでした。

そして、はじまったのが、グリムの「親指太郎」のお話です。

このお話をきいている子どもたちの顔は映画にとっておきたかったと思ったくらいでした。それこそ、指にたりない「親指太郎」が、大男そこのけのちえを働かして、冒険を重ねてゆきます。馬の耳にとまって馬を「ハイドウ！」とぎょしたり、どろぼうをだしぬいたりするたびに、子どもたちは、がまんできないように、「うっ！」とか、「キュッ！」とか声をあげました。そして、最後のクライマックスで、オオカミのおなかの中でさけぶところになると、笑い上戸の子は、一生けんめい、自分の口をおさえたりしていました。

このようすを見て、私は、またあらためて、民話のもつ大きな魅力について考えさせられてしまいました。民話は、遠いむかしから、ながい間、あらゆる年令の人を喜ばせてきました。つまり、その間に、民話は、広い層の人たちの興味をひく、つまりかれらの気もちをひっぱっていくに必要な要素を、その中にとり入れて、いらないものを切りすてながら、今日の形になってきたわけです。

では、だれにもわかり、だれにもおもしろい民話の形というのは、どんなものでしょうか。

民話には、だいたいきまった形があります。あるお話では、「むかし、あるところに、おじいさんとおばあさんがありました。」とはじまり、またある話では、「むかし、あるところに、三ぴきのクマが」とはじまっています。ことばは極度に節約され、どんな顔をしたおばあさんだとか、どんな色のクマだとかいうことは、いっさい、省かれています。こんなかんたんなことで聞き手、または読み手の心に、時と場所と主要人物が紹介されます。そして、話は動きはじめます。しかも、その動きは早いのです。しかし、でたらめには動きません。ちゃんとりくつにあっています。むずかしいことばでいうと、ある原因があって、事件は、必然的におこってきます。いい人がきゅうにわるくなったり、ばかが、きゅうにかしこくなったりもしません。そして、そのいくつかの原因はくみ重なって、たいへんこまったことや、こっけいなできごとがもちあがります。

そして、事件は、クライマックスにのぼりつめるや、急天直下、おわりとなります。

このような形、条件は、文学を劇的にもりあげるためには、一ばんだいじな根本の条件で、民話は、もっとも素朴な、単純な形で、それを備えているのです。子どもに民話を読んでやると、すんでから、はアとため息をつくことがあるのを、私もよく経験しましたが、それは、子どもが、その話をよく理解し、その話のもつドラマに満足したことを示しています。

今日では、物の考え方は、複雑になり、おとなの文学の場合には、こうした単純な形にもりきれないものも出てきますが、それでも、これは文学の基本の問題ですし、読者や聞き手が子どもである場合、まず何よりも頭に入れておかなければならない必須条件だと思います。むかし、原始的な民族が経てきた物の考え方を、子どもたちは今日も踏んで成長していくのです。つぎからつぎに、かんたんな事件を重ねて、聞き手をひっぱっていく民話の方法が、みなさんのお子さんがたにも、どのくらい有効なものか、ぜひためしていただきたいと思います。

幸い、最近は、民話の本がたくさん出版されます。これは、みな子どものためのものばかりではありませんが、一応、子どもをはなれて、おかあさま方自身の興味で、そうした本をお読みになることもおすすめいたします。そして、そのような本のなかには、かならず子どもたちの喜びそうな話がたくさんあるはずですから、おかあさんたちの口から、それを話していっていただきたいのです。それは、もともと民話が育ってきた方法ですし、また、おかあさんたちのあいだから、よい創作童話が生まれる道ともなるのではないでしょうか。すぐれた幼児童話は、民話の形をとり入れているよい例として、絵本「くまさんにきいてごらん」をごらんください。

絵本〔こどものとも〕五月号
「くまさんにきいてごらん」マージョリー・フラック著、木島始訳　福音館書店

子どもの頭のなかで

この欄では何カ月かのあいだ、民話は子どもの文学としてだいじなものだということ、子どもは素朴な形のものでないと、とりつけないのだということ、また、素朴なもののなかに、りっぱな文学があり得るということを考えてきました。

今月は、文学とはべつな角度で、子どもの頭というものを、じつにわかりよく説明したことばに、先日、ぶつかりましたので、それに関連して、あるかわった幼児時代を送った子どもの物語をご紹介しましょう。

そのことばというのは、ドイツの考古学者ヘッケルという人がいった「子どもは、赤んぼ時代はサルにおとり、三、四歳になると、サルとおなじくらいになり、小学校にいくようになると、野ばん人くらいになる。」というのです。

このサルというのは、サルのうちでは一ばん上等の類人猿のことをいうのでしょう。しかし、たいていの親は、自分たちの天使のような赤んぼが、サルにもおとるといわ

れたら、どんな気がするでしょうか？

しかし、だいじなことは、人間の知識の発達の段階、このようなものだということを、科学的にふまえて、その上で、子どもの教育にあたるのがほんとうなのではないかと、私には思えるのです。

サルと人間のちがうところは、人間の子どもは、一歳から六歳までのあいだに、サルを遠く遠くおきざりにして、めざましい発達をとげてしまうということです。けれども、もしここに、その一歳から六歳までの人間としての教育を経ないで、大きくなってしまった人間の子どもがいたとしたら、どんなことになるでしょう。たとえば生まれてまもなく、人間の社会から、動物だけの社会にうつされた子どもがいたら、どんなことになるでしょう。

広い世界には、そんなこともいままでにいくどかおこっていたにちがいありません。比較的はっきりわかっているのが、少女カマラのおどろくべき生涯です。

いまから三十七年前、一九二〇年の十月に、イギリス人の牧師、シングという人はインドの片いなか、ゴダムリ村で、村の宿屋の主人から、近くの森にばけ物が出るから、退治してくれないかといわれました。そこで、ある夕、村から七マイルばかりはなれたジャングルにいって、ばけものの出るのを待ちうけました。すると、夕方になって、あるオオカミの穴から、何びきかのオオカミの一家にまじって、異様なものがはいだしてきました。

その生きものは、からだは、七、八歳の子どもくらい、手足やからだは、人間のように毛がはえていませんでしたが、頭から肩のへんまでは、ぼうぼうとした黒い毛におおわれ、顔は、かすかにのぞかれるばかりでしたが、その鋭い目があやしく光っているのは、よくわかりました。

牧師のさらにおどろいたのは、この生き物につづいて、さらにもう一つ、もっと小型のおなじような怪物がはいだしてきました。

シング牧師は、狩人といっしょに、オオカミもろとも、このふしぎな生き物を生けどりにしようとして、あやまって、オオカミの母親は殺されてしまいました。

こうして、オオカミに育てられた人間の子、カマラとアマラのいたましい苦難の道ははじまりました。それまでふたりを育ててきたオオカミの母と死別して、この女の子たちは、まったく未知の、ふしぎな人間社会につれもどされました。救いだされた時、アマラは、一年と六カ月、カマラは八年と六カ月くらいでした。小さいアマラは日に日に人間の社会に順応してゆきましたが、残念なことに、牧師の孤児院にはいってから一年たらずで死に、カマラは、ただひとり、苦しい、人間にもどる道を歩まなければならなかったのです。

カマラのなかの「人間」は、まだ消えていませんでした。しかし、最初の八年をうばわれたカマラが明るい光のなかの生活になれ、立って歩き、いくつかのことばをおぼえるまでに、どのくらい超人的な努力をはらわなければならなかったかは、シング牧師の日記をもとにした、アメリカの心理学者、ゲゼルという人の本にこまかに書かれています。カマラは、十五で死ぬまでに四十五のことばがわかるようになっただけでした。

私たちの周囲のまだ学校にいっていない幼い子どもたちの頭の中で、どんな偉大なことがおこなわれているか、この本は、おそろしいほどよく教えてくれます。

また、その反対に、赤んぼより賢いといわれるサルの頭はどんなものか、それをわからせてくれる、ユーモラスな読みものもひとつご紹介しておきましょう。

「狼にそだてられた子」ゲゼル著　生月雅子訳　新教育協会版

「密林からきた養女」ヘイズ著　林寿郎訳　法政大学出版局

社会のなかの子ども

私の家に、近所の子どもたちが、毎週、土・日の両日、本を読みにくるようになってから、ふた月になります。四歳から、小学校六年生までの子どもで、私たちの手製の会員券をくばったのは、四十人ちょっとです。もっとも、それだけの子が、一どに集まるのではなく、くるのは、一日平均、二十人前後です。

さまざまな子がいて、じつにおもしろいのですが、いつも子どもたちが帰り、その子たちのいったことや、したことを思いだして話しあう時、私たちは、いつも「やっぱり家庭によるわね！　おかあさんしだいだわねえ！」ということばをもらしてしまうのです。子は、親の鏡とは、まったくよくいったものです。

さりとて、暮しのいい家の子、おぎょうぎのいい子を、いい子と、私たちは考えているのではありません。子どもらしい子、元気のいい子、反応のある子、約束をおぼえてくれる子を、このましいと思うのです。

たとえば、T子さんは、いい私立学校にいっていて、おぎょうぎもたいへんいいのですが、無感動なのが、私たちの気にかかります。

「そこのハサミをとってちょうだい。」と、私がたのんでも、T子さんは、とっていいのかなという表情で、何秒か、まわりの友だちの顔をうかがってから、やっと手を動かします。そのまに、わきにいる子がパッとハサミをとって、私にわたしてくれました。

T子さんは、おかあさんがなくて、おじいさん、おばあさんたちに、だいじに育てられているのです。

四つのHちゃんは、まだ字が読めません。けれども、土曜日の午後には、第一番にのりこんできて、絵本を見ています。

土、日の両日、それぞれに、私たちは、何か一つ、お話を用意しておくようにしていますが、その時間には、Hちゃんは、一ばん前にがんばって、耳をすまします。そして、お話の調子をおぼえてしまって、このごろでは、子ども部屋に一ばんのりすると、自分でつくった自分の家のお話をはじめます。

「それから、おとうさんは、新聞をもって、便所から出てきて、それから……」という調子です。そして、おとうさんは、夜、ごはんのテーブルにつくと、そこにならんでいるおかずを、「みんなくっちゃうぞ！」というのだそうです。

この「みんなくっちゃうぞ！」というところで、Hちゃんは、いつもおかしくてたまらないように笑うのです。

Hちゃんのおねえさん、二年生のYちゃんが、おとうさんおかあさんのけんかを、あさも「こまるのよ。」というように友だちに話している調子をきいて、私たちは、あとまで話しあってよく笑ったものです。それは、十分、客観的で、親の夫婦げんかが、この世の終りのような気がした、私たちの子ども時代とは、たいへんちがった趣《おもむ》きがありました。

けんかしたり、たのしんだり、人間らしい生活をしながら、いく分、子どもをつきはなして、独立的に育てている、つつましい若い夫婦の生活が、ほほえましく私たちに感じられたのです。

「自分の子」「うちの子」とだきしめっぱなしで育てている子どもより、小さい時から、ひとり遊びもおぼえ、友だちつきあいにもなれた子どものほうが、どうもたしかに、健康に物をたのしむ能力を自分のうちにのばすことができるというのが、私たちのいままでのところで得られた観察です。

お話を聞いて、かすかにニコッと笑うだけのT子ちゃん。そのお話をくり返しくり返し、絵にかいてみないではいられない子。そういうT子たちを見ていると、むかし、笑うことを忘れたような育て方をされた宮様のことなど思いだして、私は、T子ちゃんが気のどくになるのです。この二種類の子どもでは、たしかに長い人生のあいだ、うけるたのしさの吸収率もたいへんちがうでしょう。

そんなことを、しきりに考えさせられましたので、最近、子どもの心理、子どもの育て方に関する本を二冊読み、教えられました。

一つは、波多野勤子《いそこ》氏の「小学生の心理」

一つは、平井信義氏の「話し合いの育児」

「小学生の心理」は、一年から六年までの子どもの成長を、心理生理の面から追ってゆき、「話し合いの育児」では、より社会的、世界的な面から、興味ある実例をあげて、「賢い育て方とは」を説いています。

とかく、このごろの母親は——母親ばかりではありませんが——神経質になりがちです。私が母親なら、こうした本を何冊かよんで、子どもの生理、心理を大体、頭に入れてから、一おう、それを忘れて、キョシンタンカイに、目の前にいる子どもに対することだなと思いました。

そして、社会のなかの子どもとして育てることが、日本人の場合、一ばんこころして身につけるべき要点でしょう。

「小学生の心理」波多野勤子著、光文社

「話し合いの育児」平井信義著、麦書房

おはなしのしかた

親と子どもが、いっしょに本をよむこと、また、おとなが子どもにお話をしてやることは、なんとかもっと多くの家庭に復活させ、たいせつにしたい習慣だと思います。ところが、本を読んでやるなら、まだしも、お話はへたで、と考える人が多いようです。私も、最近まで、そう考えていたひとりでした。しかし、必要にせまられてやってみますと、こちらがおもしろがっている話は、案外、相手にそのままうけとられるということが、わかりました。（もっとも、この場合、こちらが「おもしろがっている」ということがだいじです。「つまらない、くだらない」と思いながら、おもしろがらせることは、むずかしいことです。）

じつに意外なほど、子どもたちのその反応を思い知らされたのは、スティブンスンの「びんの小鬼」をよんだときでした。わたしは、この話を、いなかの小学の五年生によみはじめたのです。しかしなかなかむずかしいことばがでてくる上に時間もたりなそうになってきたので、途中から、本をおいて、話しはじめました。

ところが、話しはじめてわかったのは、読む時とは、うってかわって、じつにじかに聞き手と相対《あいたい》になるということです。クライマックスになると、子どもは、キッとした目つきで、にらむように私を見ています。

それから一年たって、つい先日、その話をどのくらいの子どもがおぼえているか、クラスの先生にしらべてもらいましたところ、

「とてもおもしろかった子、十三人
すこしおもしろかった子　十一人
おもしろくなかった子　六人」

という数字が出ました。そして、これは、たいへん読書程度の低い子どもたちを相手としては、おどろくべき数字です。「びんの小鬼」は愛情ということをテーマにした、その子どもたちには縁のないことばが出てくる、ハワイの土着民の物語であるばかりか、ことばも、たいへんむずかしいのです。しかも、私が、二年前にその子どもたちに読んでやった何十という話の中で、子どもたちは三番目におもしろかった話と

してこれをあげました。（一番目と二番目は、もっとずっとやさしいお話でした。）

こうして考えてくると、私がその話をする時ほかの話を読む時よりも、自分のすきな話であるために、熱がはいっていたということもありましょうし、また、ただ読んだのでなく、話したために、興味は、直接、私から子どもへつたわっていったのだと思わないわけにゆきませんでした。

そこで、私はどのおかあさんにも、時たま「お話」をためしていただきたいと思うのです。お話のしかたにはいろいろ、ありますが、いま、ストリーテリングということが、図書館活動のかなりだいじな部門とされているアメリカやイギリスでは、どんなふうにとり扱われているかを、みましょう。

アメリカの図書館学校には、「お話」の講座があって、生徒は、話しかたをおそわります。そして、それぞれの学校で、有名な話し手を先生にしていますが、どこで聞いても、「お話」は、自分に適した型でといわれます。身ぶりの自然に出る人、声のいい人、会話の運び方のうまい人、各人、自分の得意の手があるものですから人のまねは、不自然になります。しかし身ぶりのじょうずな、とおる声をもっている人は、どうしても、大勢の人の前に立って話すには最適でしょう。それにひきかえ、しずかに、自分の子どもだけに話すような人には、またそのよさがあるわけです。

もういまではなくなったマリー・シェドロックという、イギリスの女学校の先生は、たいへんお話がうまかったために、先生をやめて四十年ほど前イギリス、アメリカをお話してまわり、その美しい話しぶりで、絶讃をはくしました。

シェドロック女史の特長は、それまでおこなわれてた民話物のほかに、アンデルセンのような創作童話をりっぱに口演したことでした。その劇的な効果は、聞き手の心に深い感動を与えたそうです。

このような、特にすぐれた語り手のためばかりでなく、世の中の一般の人たちのために「お話」とはどうあるべきかについて、シェドロック女史は一冊の本をだしています。来月は、この中から、私たちの参考になる部分をご紹介しましょう。

「びんの小鬼」スティブンスン作・岩田良吉訳、中央公論社、友だち文庫
「世界の文学・小学六年生」あかね書房

「お話」問答

先月は、イギリスの女学校の先生、マリー・シェドロックという人が、たいへん「お話」がじょうずで、イギリス、アメリカの聴衆（聞き手は、おもに子どもと、小学校の先生、児童図書館員たち）にお話をして歩いたということを書きました。この人の著書「ストーリィ・テリングの技術」という本に、学校の先生たちとの意見の交換が、問答の形で出ています。文学的に見ても、たいへんりっぱな意見ですので、い

くつかを訳してみましょう。

問　なぜあなたは、「お話」というものをそんなにだいじにして、その技術をみがくのですか。

答　それは、俳優が、その人の演技をみがくのとおなじ理由です。お話は、成長の途中にあるもっとも適当なドラマです。最近では、わりあいにお話のじょうずな人ができないため、子どもは、この適当な喜びを味わうチャンスがうばわれています。私たちは、そのかわり、子どもを劇場につれていって、おとなのための芝居を見せるか、またはみょうに子どもっぽくした、演劇的には価値のない芝居を見せることになりがちです。それよりも、年の幼い子どもには、単純な、劇的なお話を、じょうずにきかせるほうが、効果があるのです。幼い子どもは、それにより、想像力をしげきされ、劇場の舞台装置などをしのぐほどの、美しい世界を、心の中にえがくことができるのです。

問　もし子どもが、「そのお話は、ほんとなの？」といったら、あなたはどうしますか？

答　どうか私を夢想家といわないでください。けれども、わたしは、子どもに「真実」というものは、相対的なものだということをのみこませるのは、やさしいと思います。私たちが恐れずに、おなじおとなでも、あるものを見ることのできる人と、見られない人があるということを話したら、子どもは、よくのみこんでくれるでしょう。

物事は、それがつながりのある世界におかれた場合、ほんとうになってきます。詩は、より高い真実を語るために、私たちの目のまえのものとくらべるとうそと見えることを、いう場合もあります。

たとえば、シンデレラの物語について考えてみましょう。カボチャでつくられ、ネズミにひかれた馬車は、シンデレラの世界では、調和をたもっていますが、これを、私たちの知っているロンドンの町や、ニューヨークに持ってくるようなことをすると、子どもの頭は、たちまち、混乱をおこすのです。

そして、シンデレラが、美しいものを夢みて、この馬車にのって、かの女のお台所からぬけだすということのなかには、高いいみの真実がもられているのです。

一度、この関係をのみこんで子どもに接すると、子どもたちは、こうした物語の裏にひそむ真実や詩を**詩人の心**でうけとめてくれるものです。往々にして、子どもからこの能力をうばうのは、詩を失ってしまったおとななのです。

問　一つお話をしてしまったら、子どもにそのお話をくり返させたり、感想をきいたりしたほうがいいでしょうか？

答 私は、はっきり「いいえ！」といいます。子どもの発表力をのばすということは、私もだいじだと思いますが、ひとりのいったことをくり返すという、この方法には、ぜったい反対です。お話をきかせる時は、かれらに「うけ入れる」ことを考えるべきなので、発表の時ではないのです。せっかく美しいイメージを子どもの心にえがいてあたえたあとで、子どもの不十分なことばで、それをたどたどしく語らせることは、まったく無益です。

私は、いいお話をきいたならば、そのあと何分かは、子どもにだまらせておいたほうが、話をくり返させるよりは、ずっとたしかな効果があると思っています。

これは、シェドロックの先生たちとの問答のなかから、でたらめにひきぬいたものにすぎませんが、どの問題も、なかなかだいじな要素をふくんでいます。そして、シェドロックが、どのくらい高い鑑賞眼と周到な用意をもって、子どもたちにお話をきかせていたかがわかるのです。

しかし、子どもに話をするからといって、専門家ではない私たちは、それほどの用意をすることができません。けれども、私がだいじに思うのは、せめて私たちも心がけて、私たち自身、美しいな、おもしろいなと思える話だけ子どもにきかせたいということです。私たちがそう思っていると、お話には、しぜんにはずみがつき、おもしろくなるものだからです。

いかに世の中には、子ども相手だからといって、いいかげんな話、いいかげんな絵が多いことでしょう。子どもの本、ことに絵本をお買いになった時に、ぜひ声をだしておよみになり、どれだけの用意のもとにその本がつくられているか、気をつけて見てください。

シェドロックは、アンデルセンの「すずの（または、鉛の）兵隊」を、子どもにしてやるドラマティックな話として推賞しています。いくつかの「すずの兵隊」をくらべてみるのも、興味あることでしょう。

子どもとお話

身辺多事で、しばらく、このページとも、ごぶさたしておりました。また、この欄をつづけるにあたって、「子どもとお話」という題目をもちだしますのは、まえに何どか出た問題にもどるようですが、これは、たえず私の頭からはなれずにいる、なぜ日本にはよい幼児童話がないかということと関連しますので、くどいようですが、ここから出発することにいたします。

五年ばかり前に、アメリカの図書館や家庭をあちこち見て歩きました時に、あのスピードの国アメリカで、子どもたちは、日本の子どもたちよりもはるかに、相対のお話をたのしんでいることを見ておどろきました。図書館では、もちろん、職業的に訓練された児童図書館員が、「お話」の時間を設けて、子どもたちに聞かしておりましたが、家庭でも、子どもの寝るまえの何十分か、お母さんや、おばあさんが、子どもにお話を聞かしたり、本を読んだりしている光景に、時どきぶつかりました。

一年半ほど前から、私は、私の家の一部屋に子どもの本をおき、近所の子どもたちの読書室として、かれらのくるのを歓迎しておりますが、その子どもたちを観察してみますと、お母さんにお話を聞いたり、または一しょに本を読む率は、日本の子どものほうが、ずっとすくないのではないかと思いました。

日本の母親には、雑用が多すぎ、日本の生活には、規律がなさすぎます。家の仕事を全部片づけて、子どもの寝るまえに、三十分、ゆっくりと向いあうということは、なかなかむずかしいことでしょう。

しかし、「お話」を聞きたがる点では、日本の子どもも外国の子どももかわりはありません。私の家にくる子どもたちは、じつに熱心に「お話」をせがみます。私は、お話の専門家ではないので、時には、かれらの要求に閉口しますが、出たとこ勝負でやってみると、話し手と聞き手の直接のつながりである、この「お話」というもののおもしろさ、たいせつさを痛感しないわけにゆかなくなりました。

子どもは、本を読んでもらうこともすきです。私も、お話をするよりは、本を読む方が気がらくですし、とかく本を読んでやりがちになるのですが、「お話」をしてみると、やはり、その直接さにうたれてしまいます。

本を読む時には、読み手⇅本⇅子供という間接の関係です。読み手の目は、本を見ています。子どもも、読み手の声をききながら本を見たり、読み手の顔を見たり、または、外のけしきを見ていたりします。子どもの頭の中には、声で伝わってくる話のイメージが、つぎつぎにできあがっていっているのでしょう。けれども、それは、子どもが、聞き手とはかけはなれて、いわば自分勝手に営んでいる作業といっていいでしょう。

ところが、お話となると、まったくの相対です。話し手⇅聞き手の関係です。聞き手は、話し手の目を見ています。聞き手の反応は、たちまち、話し手の心にはねかえってきて、刺げきをおこします。話し手がほんとうに喜んで話せるのは、聞き手が、心からおもしろがっている時にかぎります。いくつかの目が、われを忘れて、自分の顔を見つめる時、この話はおもしろいのだなと、話し手は、はっきりとることができます。

そして、もう一つ話し手にとって、たいへん勉強になることは、子どもの感じるおもしろさの質が、子どもの反応にあらわれることです。げらげら笑う時も、おもしろいのですし、くすくす笑って、となりの子をふりかえる時も、おもしろいのですし、しーんとなってしまう時もおもしろいのです。

これをくり返しているうちに、どういうことが子どもにおもしろく、どういうことが、おもしろくないか、話し手に大体わかってきます。

もちろん、子どもの文学も、文学です。何を三分に、何を二分入れて、かきまわすというように、規則や、りくつを調合して、つくりあげることはできません。しかし、何をしてはいけないか、どういうことをしたら、子どもはたいくつするかということは、私たちにとって大きな勉強になります。また、げらげら笑うことだけを、子どもは望まないということも、私たちを力づけてくれます。

さて、子どもたちも、だんだん大きくなってくると、自分の頭の中で、いままでの経験からくる知識をくみたてたり、空想力も秩序だってきたりして、文字から喜びを得ることが多くなってきます。しかし、ごくおさない子どもは、耳からのお話にたよるほかありません。しかも、この子どもたちのたのしみたい欲求、知らないものを知りたい欲求は、大きい子どもにまさるとも、劣りはしないのです。どんなに、この子どもたちが、自分たちの全身をゆすぶり、わくわくさせてくれるお話を求めているかを考えると、私たちは、私たちのいままでしてきたことが、何と色のあせた、血のけのない、またピントのくるったものであったかを反省しないではいられません。

まず、人間が最初に出あう文学である「お話」を、もっともっとだいじに、と、くりかえして、私はいいたいのです。

来月から、話す「お話」と書く「お話」について、実例をひきながらつづけたいと思います。

おとなのまちがい

私は、農村の小学の五年生の子どもに、日本の民話の本を読んでやったことがあります。読んでいるうちに、教室じゅうがシーンとなってしまったので、しめしめと思いました。それまでも、ピノキヨのような外国の童話や、また日本の童話を読んでやったことはあるのですが、クラス中が、一つの話のあいだじゅう、この時のように静まりかえったことはありませんでした。そして、笑う時には、どっと一どに笑うのです。

話のおわったとたんに、教室じゅうにうわァというようなため息がもれました。私は、いまさらのように、頭のよい子も、わるい子も、一様にひきつける力をもつ昔話の偉力におどろきました。

こうした昔話の一字一句を注意してみるとここには、すこしのむだもありません。はっきり目に見える事件(抽象的な美しさや、かなしさでなく)を一語ごとに追求してゆくさまは、馬にのって、わき目もふらずに目的地にむかうのに似ています。子どものおもしろがる童話には、この要素が不可欠のようです。外国の童話より、日本の童話のほうがつまらないといわれるのは、日本の童話には、より道が多いからと思われます。そして、このより道ないし、おかざりを、私たちおとなは「文学」することと思いちがいしているのではないでしょうか。

全然内容のちがう外国の作品と日本の作品をくらべてみることもむずかしいことですから、外国のお話を、日本語に自由訳した場合、どういうことになりがちか、一つ例をとって考えてみましょう。

福音館から出ている「こどものとも」の27は、「おなかのかわ」です。このお話は、子どもがたいへん喜ぶ童話です。(ついでに申しあげますと、原題は、「ネコとオウム」という、そのものずばりといいたい題です。)

話のあらすじは、欲ばりな猫と、気もちの大きいオウムが、ごちそうのしっこをするお話です。さいしょ、ごちそうする番になったネコは、ほんのぽっちりしか、ごちそうをださなかったくせに、つぎの日、オウムの家へいくと、肉をたべ、お茶をのみ、くだものをたべ、お菓子を四百九十八たべ、まだたりないで、オウムの分のお菓子二つをたべ、それでもたりないで、オウムをたべ、家の外でそれをみて、とがめだてをした、通りがかりのおばあさんをたべ、というわけで、それからも、ロバをつれていた男を、ロバもろともたべてしまい、ついには、王様の行列までたべてしまったのですが、最後に、カニをたべたのが運のつき、おなかに穴をあけられて、そこから、たべられたものは、みな出てしまいます。そこで、ネコは、その日一日かかって、その穴をぬわなければなりませんでしたというお話です。

私には、どうも日本訳の方は、もとの話の順序を、まっすぐ、むだなく伝えていないように思われてしかたがありません。一節をぬいて、くらべてみましょう。

「こんど、じぶんがネコをよぶばんになると、オウムはごちそうをとてもたくさんつくりました。やき肉もあり、お茶もあり、くだものもあり、おまけに、小さいお菓子も、かごにいっぱいありました。小さい、茶色の、カリカリにやけた、いいにおいのするお菓子が――そう、五百もありましたよ。そして、オウムは、四百九十八のお菓子をネコのまえにおいて、じぶんのまえには、たった二つおきました。

さて、ネコは、やき肉をたべ、お茶をのみ、くだものをかじり、それから、山もりのお菓子をたいらげはじめました。そして四百九十八、全部たべて、それから、あたりを見まわし、

『はらが、へったよ。きみ、何もたべるものないのン？』」

これは、原文を、大体忠実に訳してみたものです。日本語訳では、どうなっているでしょうか。

「そのつぎの日は、おうむがごちそうをするばんです。おうむは、ねことちがって、いっしょうけんめいに、したくをしました。まず、おいしそうなやき肉をふた皿こしらえました。それから、おいしい、おいしいちいさなおかしを、五百もやいたうえに、くだものをひとかごとりよせて、お茶をだすよういをして、まっていました。まもなく、ねこがでてきました。ねこはていぶるにつくと、『ほほう、これはこれは』といって、やき肉をおうむの分まで、ふた皿とも、がつがつとたべてしまい、くだものも、ペチャペチャとひとりでたべてしまいました。それでも、おうむは、にこにこしながら、五百もの、おかしのうちから、たった二つだけ、じぶんのにとって、四百九十八つを、みんなねこにやりました。ねこは、それをも、ぺろぺろ、ぺろぺろと、一つものこさずのみこんでしまいました。

それから、こうちゃもがぶがぶと、ひとりですっかりのみほしました。それだのにねこは、まだたべたりないかおをして、『おいおい、おうむさん、もうごちそうは、これだけかい？』といいました。」

子どもの頭や心は機械ではありませんから、この二つをよんでやって、その反応は

いかにと、しらべあげることはできないでしょう。しかし、私には、どうも前のほうが子どもにまっすぐ入っていくように思われてなりません。ごちそうの順序も変え、また、ぺちゃぺちゃ、がつがつというようなことばを入れたのは、何かの意味で改善することを意図した親切でしょうが、それは逆効果のようです。オウムをニコニコさせたことは、オウムの性格をかえ、したがって、話のすじ道にちょっと不審をおこさせるほどのまちがいです。オウムは、内心おこりはじめているのです。

こうした私たちの誤ちを、子どもにじかに話してやること、また話してやることから生れた民話を研究することによって、大いに修正できると思うのです。

子供の図書館白林少年館の企《くわだて》について

かつて故犬養木堂《いぬかいもくどう》翁の書庫であった。四谷南町の白林少年館という小さな家に今、近所の学校に通う小さい人達のために、楽しい、ささやかな図書館の準備がすすめられている。これははじめ犬養仲子夫人により、一人のお子さんのために選ばれた沢山の本が、そのお子さんの大きくなるにつれて、放置されてしまう事を惜しまれ、本というものは、もっと大勢の子供達の役に立たせるべきだという思召《おぼしめ》しから思い立たれたのであったが、たまたまかねてから子供の読書について深い関心を持つ私がそれを助けて、このたのしい図書館と、すぐれた本の出版と、二つの仕事を持つ白林少年館が出発しようとしているのである。

これまでも、日本の子供達が、非常にたくさんその読物を持ちながら、しかも非常に貧しい糧《かて》しか得ていないのではないか、という事が私の痛心事であった。外国の児童文化運動の程度の高さ、また一流の人たちの筆によって、心をこめて子供のための作品が書かれていることなどに、かねて私の心はひどく動いていた。

近頃やかましく科学が云々される。勿論《もちろん》、日本の子供達に科学する心を養う事は大事な事にちがいない、けれど今一つ、それ以前に何かある。立派な人間としての美しい豊かな心、ここにこそ正しく大きな科学する心も生れるのだ。パスツゥールの伝記を読んだところで、パスツゥールの心には黴菌《ばいきん》ばかりがあった訳では決してない。パスツゥールは、何よりも先《ま》ず正しい、すぐれた人であった。日本人の子供達に科学する心を与えるには、もっと大きな、社会の愛情と慈《いつく》しみを与えなければならない。彼等に高さを持つ書物、を与えなければいけない。そして将来を背負う子供達の心に、立派な、豊かな地盤をつくらなければ——。こうしてこの仕事ははじめられた。この図書館に集る子供達に、音楽に耳を傾けながら、お話をききながら、また一緒に本を読みながら、知らず知らずに本当の本の味い方を教え、自然に人間としての美しさについて知らせるということが、この図書館を育てようとしている人たちの夢だ。そして日本にも、日本の大事な子供達のために、溌剌とした、香気高い不滅の作品が、もっともっとたくさん生れて来る機運の一助たらんと私達は望んでいる。

次に是非とも子供達によませたい本について二、三御紹介する。

ケネス・グレアム作

中野好夫訳

「たのしい川邊」白林少年館　二円二〇銭

この物語は、作者ケネス・グレアムが自分の息子のために毎日きかせてやったお話なのだそうである。年輩の英蘭銀行員であったいかめしいお父さんのグレアムは、バークシアの田舎で過した自分の少年時代の思出に心を暖めながら、深々と豊かな愛情の中から、流れるようにこの物語を子供に語ったにちがいない。地下育ちのモグラは、川辺に住む利口で親切な詩人の川ネズミと友達になり、ひたすらこの尊敬するネズミの友情に生きて行く。自然の中に素直な居心地のいい生活を営んでいるネズミやモグラの生活の豊かな情趣は、全篇にたくみな構成をみせていて、これを読む子供達を、美しい詩情と興味で引きつけてしまうだろう。そしておそらく子供達は、大人から制約された現実世界を遠く離れて、小動物達と一緒に暢々と川辺の風や陽ざしの中に包まれて、彼等の顔には何ともいえない無邪気なたのし気な微笑が浮かぶにちがいない。

この作品は英国ではもう古典になっていて、クリスマスの芝居なぞに脚色上演されたりしている。そして英国の子供達は、大人になるまで、一年に一度はこの本を取り出して、「たのしい川邊」に遊ぶ、といわれている。

A・A・ミルン作

石井桃子訳

「熊のプーさん」　岩波書店　一円二〇銭

お父さんは子供のクリストファー・ロビンと、その子の一番のお気に入りの、玩具の熊のプーさんを前に炉の前に坐ってお話をしてやる。熊も、コブタもフクロも、ろ馬のイーヨーも、カンガルーも、みんな森にいて、何ともいえない愛情と機智にみちた童話の世界が展開されてくる。

我々が長年かかって身につけて来た世の中の常識というものは、世間を渡る上の近道であるにはちがいない。しかしそればかりでは世の中は進展しないし、柔軟な魂に陽の目を見ずに埋れてしまう。この作品は我々を埋めた、古ぼけた常識をかきのけて、自由な柔らかな、昔ながらの童心に陽ざしを当ててくれるような、あたたかな作品だ。とかく童話には、大人が童心に帰ろう帰ろうとする意識が、かすかに跡をとどめているものが多いように思われるけれど、この作品の世界は、これこそ斬新な香気高い童心そのものである。原作者A・A・ミルンは、何と柔軟な魂をもっているのであろうか。大人の常識で傷めつけられていない奔放、無軌道な子供達には、この作品はヂカに心の中に飛びこんで行くだろう。

とにかく世の子供さん達に一読をお薦めする。

ロフティング作

井伏鱒二訳

「ドリトル先生アフリカ行き」　白林少年館　一円五〇銭

ドリトル先生の呆けて飄々乎《ひょうひょうこ》とした姿は訳者井伏氏もいわれる通り、たしかに「東洋における巷間の聖者の面影」がある。動物の好きな先生は動物語を解し世界中の動物の尊敬の的であった。だから風変りな先生の生活は、ひどく貧乏ではあったが身辺には彼等の親愛の情がみちていた。

この作はこの前の世界大戦の時、一義勇兵であったヒュー・ロフティングが、毎日塹壕《ざんごう》の中で、自分の子供達のために書いた絵物語りである。ロフティングはいっている。

「子供の読物は先ず面白くなくてはいけない。しかし単に面白がらせるために媚びることは大きな間違いである。決して調子をおろしてはいけない。調子をおろされることは心ある子供の嫌悪するところである。心ある子供の真に喜ぶものが正しい読物である。」そして子供に帰ろうとする大人と、大人になろうとする子供の間には、あまりハッキリした境界線は引かれない、といっている。この言葉には深く頷《うなず》かされる。子供は決して大人より低調でもないしむろん俗っぽくある筈がない。本質的な美しさを持つもののみが子供の魂を美しくする。

「かつら文庫」三ヵ月

小さいお子さんたちをもつお母さん方に会うと、よく「うちの子は、漫画ばかり読んでいて、こまります。どうしたら、いいでしょう。」という声を聞きます。また、いい読書に進むための手段として、「いい漫画から、はいらせたら」などという学校の先生たちの御意見をうかがったことがありました。

私は、ながい間、特に漫画を意識したり、敵視したりしないで、子どもを「本」を読む方向にむけることができるのではないかと、頭のなかでだけでは考えていました。しかし自分の子どもというものをもたず、学校で教えたこともないので、それを自信をもって云いきることはできませんでした。

今年の三月、私の家に、近所の子どもさんたちのために、小さい読書室「かつら文庫」をつくってから、じき三ヵ月になります。そして、どうやら、私の考えていたことは、まちがっていなかったと考えることができるようになりました。

私の家の図書室が開くのは、土曜の午後と日曜です。大体、一日平均二十人くらいの子どもが、出たり、はいったり、こしかけて本を読んだり、借りていったりします。漫画の本は、一冊もありませんが、これは、図書室びらきの日に、みんなにことわりました。しかし、「漫画がいけない」なんてことは、ひと口も云いませんでした。「家には漫画はないのよ。でも、みんな、友だちと借りっこして読むんでしょう?」と言ったら、「うん」と云って、笑っていました。

第一に、この図書室には、強制は、一つもありません。ただ、みんなが、はしゃいで、あまりうるさくなると、「ねえ、こんなにうるさくなると、近所の人が、このごろは、石井さんの家は、土曜、日曜にうるさくてこまるねえってことになるでしょう。」と言って、注意しました。一応、私の家の台所ものぞき、便所のようすもわかり、ネコともなじみになってしまうと、子どもたちの昂奮はしずまって、このごろでは、じつにのびのびとした気もちでやってきて、本を読んだり、庭に出て、草についている虫をとってくれたりします。

読む本の種類も、六年生が絵本を読んでいても、一年生が、「絵で見る日本歴史」のさし絵を見ていても、私たちは、注文もつけなければ、おかしいとも思いません。しかし、三月もつきあっていると、だんだん、くる子どもたちの好みや、能力がわかってきます。この本だったら、この子はおもしろがるんじゃないかなと思える本を、最初のところだけ、ちょっと一しょに読んで、あと、何気なく、こちらが立ちあがってしまう——すると、その子が、つづきを夢中になってよんでいたという例も、何度かありました。

幸い、私の家の本は、あちこちでいただいたり、また私たちが買い集めたりして、戦前から戦後にかけて出された本の雑多なよせ集めです。よくこのごろ出版される、十冊一色の、見ただけであきあきするような劃一《かくいつ》版ではありません。子どもたちには、それが、たいへん気がらくなようです。自分がおもしろいと思った本は、家へかえって話すと見えて「これは、お母さんに借りていくの。」という子が、時どき、あります。

こうして、子どもたちが、手あたりしだいに選んでいく本のなかから、たいていの子どもにすかれる本の特長は、こうもあろうかと思われる点が、いくつか出てきました。つぎのようなものです。

筋がはっきりしていて、かんたんで、子どもにのみこみやすいもの。リズミカルで、ひょいと声にだして言ってみたくなるようなもの、途中ではっと息をのみこむようなところのあるもの。つぎからつぎに、事件がおこって、つぎはどうなるかと、ハラハラするもの。読みながら、しぜんに笑ってしまう——くすぐりでなく——もの。また、すばらしいな、なるほどなと、そのよさや、知識の新しさで感心させるもの。

その上、字がこまかくなくて、あまりむずかしいことばで書かれていないで、絵が、

1958年3月1日土曜日、文庫びらきの記念撮影

読む子のこのみにあっていれば、申し分はないようです。
文章も絵もよい絵本は、私の家の図書室では、人気ものです。また、各国の民話は、子どもの興味をひきつけるには、非常に力のあるものだということは、話してみて、よくわかりました。しかし、この場合、よい再話でないと、前にあげたような条件は、殺されてたいへんまのびしたものになって、話もしにくく、聞いていてもおもしろくなくなります。民話は、原話に近く、たくみになされなければならないと痛感しました。
いままでのところ、「かつら文庫」で、幼稚園の子どもから、六年生までに、一ばん愛されたのは、岩波の子どもの本の「ちいさいおうち」と、「あまんじゃくとうりこひめ」でした。
「ちいさいおうち」は、愛情ぶかいその物語と絵のために。「うりこひめ」は、
「きこばた　とんとん
からんこ　からんこ」
となる「うりこひめ」のはたの音と、
「どじばた　どじばだ
どだばたん　どだばたん
どっちゃらい　ばっちゃらい」

となる、あまんじゃくのはたの音のひかくが、子どもたちには、たいへんおもしろかったようです。子どもたちは、思いだしては、こういう本を、またとりだして読んでいます。

これは、「かつら文庫」にくる子どもたちが、漫画を読まなくなったということでしょうか。そうではないのです。子どもたちに聞くと、友だちと貸し借りして、漫画があれば、それに読みふけってしまうのだそうです。しかし、またべつのところへくれば、ちゃんとよい物語をよみ分け、美しいひびきを聞き分けています。そして、朝十時といえば、九時からおしかけ、夏休みも、休みなしに開いてくれと言う子どもたちの声を聞くと、かれらは、それを十分たのしみ、吸収していることがわかります。

おそろしいのは、漫画だけになり、成長過程の子どもから、せっかくもっている能力をねむらせてしまうことです。

「かつら文庫」一年記

家の新築を機会に、そのひと部屋を小さな図書室にして、近所の子どもたちを相手に「かつら文庫」が誕生してから、この三月で一年たった。はじめは、まえから集まっていたものや、この機会に寄附していただいたものなどで、本はおよそ三百五十冊、テーブル二箇、いすが十二脚、そして、家の前にだした貼り紙を見て集まってきた子どもは二十一人だった。

それ以来、毎週土曜の午後と日曜に、子どもたちは休まずにやってくる。はじめ、はずかしそうに、そっとのぞきながら入って来た子も、今では、自分が当然いてよい生活圏と見なした顔をして、本を小わきに悠々と庭の草木を眺めながら入ってくる。そして、あるような、ないような「かつら文庫」のきそくも身についてきたようだ。

文庫には、つぎのような大まかなきまりがある。

一、文庫をひらく日と時間

土曜——午後一時から五時まで

日曜——午前十時から五時まで

一、会員制をとること——幼稚園から小学生は本会員で、中学生は特別会員。

一、貸出しについては——（A）文庫に二度来た人には貸出す。つまりはじめての子には貸さない。（B）ひとり三冊まで借りられる。（C）一週間から二週間以内に返す。

一、会員は無制限にふやさないで、こちらで頃合いをみて、新会員をつのる。

一、今年から会費として一カ月一人二十円。

これは新しく本を買う費用の一部にする。

といったところである。この規則は一年余り、あまり無理なく進められてきた。ただ時間だけは守りにくく、五時すぎまで居たがったり、気分のむいた時など、私たちの朝食のころから、外をうろうろしているが。

一年余りの間に、会員は九十人にふくれた。もちろん、その子どもたちが、一度にどっとおしよせるわけではないが、文庫の会員が友だちをつれて来たり、お母さんたちが紹介してきたり、自分たちからすすんでやって来たりして、だんだんふえてしまったのである。子どもだけでなく本もずいぶん多くなり、今、文庫の本棚はぎっしりつまっている。貸出しカードの箱には、いつも七十枚くらいのカードがはいっているが、それも含めて蔵書は九百冊ほどになった。これは、ふだんぽつぽつと送られてくる本とか、知っている人が持ってきてくださる本のほかに、夏休み前、クリスマス前には、ふんぱつして三〇冊くらいずつ買ったからだ。

蔵書の内容は、大部分が文学。町の図書館とは性質の違うものなので、全ての部門の本をまんべんなくそろえるということはしていない。おはなしの本も、日本のが外国のよりちょっと少ない程度で、あまり片よっていないつもりである。「かつら文庫」の特徴といいたいのは、雑誌マンガのないこと、絵本が多いということだ。岩波子どもの本、福音館こどものとも、トッパンの絵本、それに、アメリカとカナダから送ってくれた、すばらしい数十冊の絵本がある。

この一年、私たちが教えられた数々のことの中に、子どもが喜んでむかえ、満足する絵本はどんなものか、ということがある。絵本をよんでやりながら、学齢前の子ども、小学低学年の子どもたちが、すいつけられるようにしてその絵を見、話に聞きいるというような絵本は、出てくるものの性格がはっきりしていて、また、ことばもかんたん明瞭、物語が子どもの心に納得できるように運ばれた上、内容に変化があるものである。つまり、場面の移りかたがスムースでありながら、前の段階とかわっていなければならない。そして、絵は、お話にぴったりついていなければならない。

おもしろいのは、まだ字の読めない子どもの、絵本の取捨選択法だった。三つ、四つ、五つごろの子どもは、学校へいかないから、よく土曜日のお昼がすむかすまないうちに、もう文庫にとびこんできた。そういう子どもたちのために、机の上に新着の

1958年2月24日、文庫びらきを知らせる立札。「小学生のみなさんいらっしゃい／おはなしとスライドの会／三月一日（土）二時から。／来たい人は、なかにはいって申しこんでください。／—かつら文庫—」と書かれている

絵本をだしておいてやると、私たちの口調をまねて、ひとりで、声をだして読みはじめる。外国語でも日本語でも、字は読めないのだから、どっちでもいっこうかまいはしない。（横文字なら、左からひらくということは、私たちのやりくちを見て、この子たちは、すぐおぼえてしまった。）

そこで、おもしろいのは、この幼児たちには、横文字の絵本の方が、ずっとよく読めるということである。残念ながら、日本の絵本には、外国の絵本ほど、前にあげたような配慮がなされていないから、その本筋をたどらない絵をみて、子どもたちの頭は、しどろもどろになってしまう。それは、絵であるかもしれないが、物語を語ってはいないのである。

「ひとまねこざる」「ちびくろ・さんぼ」「ちいさいおうち」「ぞうさんばばーる」は、幼児ばかりか、文庫の会員全部の愛読書になっていて、よい絵本というものは、作家と画家のひと筆をおろそかにしない努力の結果なのだと思い知らされた。このような絵本は、もう前に何度も見たのに、また文庫に来たとき、ひょいとぬき出してひとりでたのしむ子が多い。

文庫にくる子どもたちは、みんなちがったこのみをもっていて、それが本棚の前で、「何を借りていこうかな」と物色する時によく表われておもしろい。そして、かりた本をかえすときに、子どもたちの満足の度が計れる。前にも想像していたことだけれ

かつら文庫入口

ど、こちらで、「御感想は？」などとしかつめらしくやるのは、最もまずいやりかたで、むこうから「この本ね……」としゃべりだすような時、「フンフン」とさりげなく聞き出しておくのである。

ごく当然なことだけれど、一冊の本でもすきな子ときらいな子がいる。北畠八穂作、藤城清治影絵「トンチキプー」を、雪ちゃん（三年生）卓ちゃん（五歳）姉弟は大すきで、三度もかり出し、文庫に来ては中の詩を口ずさんでいることがあるのに、ハナちゃん（二年生）と健ちゃん（五年）はきらいである。きらいなわけは、片かながたくさん入りこんでいて読みにくいし、話がポツポツしてわかりにくいというのである。このきらいな二人は、決して字の読めない子ではなく、むしろ、よく読む子である。この本をすきな子は、詩を好み、言葉のひびきのおもしろさを楽しむ傾向の子どもで、話の脈らくのとんでいるところは、自分もとんだり、また時には補ったりしていくタイプのように思われる。きらいな子は、それより、きっちりとした骨ぐみを求めるタイプのようである。

次に非常な速度で、どんどん読んでいく子がいる。茂君は小学一年の時から来ていて、今二年、良平君は小学三年から来ていて、今四年である。二人は、文庫に来た時期も、本の読みかたもよく似ている。どちらも絵本よりも、物語に興味をもつ頃だったらしく、すぐ単行本を読みはじめた。最初彼らが熱中したのは、野上彰作「がらん

『シナの五にんきょうだい』の読み聞かせをする

ぼ・ごろんぼ・げろんぼ」いぬいとみこ作「長い長いペンギンの話」（以上宝文館）とか、ツウィルクイメエル作「ゆかいなインゲルちゃん」（講談社）とか、「世界探険ものがたり」（学年別）（実業之日本社）だった。その後、夏ごろからぽつぽつ岩波少年文庫にとりついて、ふたりとも「ドリトル先生」を愛読し、つづけざまにかり出した。そのころ「日本のむかしばなし」（学年別）「中国むかしばなし」「インドむかしばなし」（以上実業之日本社）も読みだしている。秋ごろ、あかね書房と講談社から文学全集が出されたが、シリーズの中身が新しいことと、字の組みかたが大きいことから、あかねの方に、文庫全般の人気があり、彼らもそれをよんだ。「ギリシャ神話」「聖書物語」「アメリカ童話集」などをよろこび、他のこどもたちにもしきりにすすめていた。同じころ、「ラング△△いろの童話集」（創元社）を片っぱしからせいばつするように読み、最近本が揃うとほとんど同時に全部読み終えた。こんなふうで、ふたりの読書力は、一年のうちにめきめきあがって、この頃では、申し合わせたように、必ず三冊かり出してゆく。しかも岩波少年文庫を、「ぼく、少年文庫がすごく気にいっちゃった」とか「これ、ちっちゃいけど、読みでがあるぞ」というようなことをいいながら、かかえてゆく。ほかの本にくらべて、ひどく地味な少年文庫をよむことは、じぶんがおとなに近づいたような気がするのではないかと、私たちはおかしくなることさえある。

子どもたちにプレゼントを渡す

すきな童話を何度もよむのは、アキ子ちゃんである。小学四年から来はじめて、今五年のアキ子ちゃんは、「アンデルセン」が大すきで、文庫にあるいろんな版のアンデルセンをひと通りよんでしまった。去年の八月には、岩波少年文庫「アンデルセン童話選」大畑末吉訳を、上巻下巻とも二週間でよんだ。その後、九月あかねの文学全集で同じ訳者のを三週間かり出してよみ、今年の四月講談社の全集で、「アンデルセン童話集」山室静訳をやはり三週間かりたあと、五月に、また二週間かり出してよんだ。この三つをくらべて、彼女は、よみいいのは、あかね、少年文庫、講談社の順だったともらしている。「アンデルセンのどのお話が、いちばんすきか、というのはむずかしいけれど、いつもそばにおいて、時々ぱらりとめくって、そこのお話をよんでいたいの。」というのが、アキ子ちゃんの気もちである。

子どもたちは、大体、この調子で入れかわりたちかわりやってきて、あれこれの本をよんでゆく。一年のあいだに、子どもたちの間で、おもしろい本は絵本、ラング、あかねの全集、ドリトル先生などという定評が出たようで、「茂ちゃんは、〝がらんぼ・ごろんぼ・げろんぼ〟が読めるようになったのよ。」と尊敬され、「文庫にはじめて来た子は、〝がらんぼ・ごろんぼ・げろんぼ〟なんか読んだ方がいい。」と案を出すねえさんたちもあるようになった。

猫のキヌもかつら文庫へ

この一年の経験で、「漫画をおかないでも、子どもは本を読みにくるか」という心配は、まったくいらないことだったということがわかった。子どもたちは、ここなら文句を言われずに楽しめるなと感じた場所には、いさんでやってくるのだ。そして、彼らのこのみにしたがって、するどい批評をしたり、ひとにまでP・Rをしたりしながら、本を読んでゆく。

満一周年の記念に、片すみにおとなの本もならべて、母親文庫もはじめてみた。それまでも、子どものもって帰る本を、父親も母親もよく読んでいることが、子どもの口うらからわかった。そうしないと親子の間で話が通じなくなるらしいし、外国の絵本は、父親たちにもおもしろかったらしい！　そこで、母親文庫となったわけだが、お母さんたちに渡してあるリストの番号にしたがって、「スの一六番」などといって、おとなの本をおみやげに家にもってかえる子どもたちのようすは、見ていてほほえましい。また、子どもたちは、新しく来た本を友だちが読んでいると、よみたがり、順番をつけて予約だれだれと書くこともはじめたし、そして、「本がたりない！」「つまる本、もっと来ないかな！」と、文句を言ったりしている。

それは、まったく私たちも同感だ。変な気やすめや、でっちあげの本では満足できなくなりつつある文庫の子どもたちをかかえて、つくづく思うのは、やはり、つまる本が、もっともっとたくさん出てくれないかなあ！　ということである。（文中の子どもの名前は仮名。）

本を通してたのしい世界へ

二、三カ月まえに、カナダ、トロント市の公共図書館の児童部である「少年少女の家」から、「読書を通してたのしい世界へ」という小冊子を送られた。これは、一八八四年、トロント公共図書館に児童部の芽ができて以来、ことに一九一二年、リリアン・スミス女史が子どものための専任図書館員として赴任してきて以来の活動の歴史と、将来の抱負にまでおよんだ、まことに気もちよく、要領のよい図書館ＰＲ用のものだった。

そのパンフレットの最初に、こんな挿話がのっている。

「少年少女の家」に勤める、ある図書館員が、テレビの放送の下げいこのため、スタジオにいっていると、若いプロデューサーが近づいてきて話しかけた。

「私も、小さいころ、よく図書館にかよったものです。そのころ読んだ本で、とくべつよくおぼえているのがあるんですがね、あなた、知ってらっしゃるかな、『喜びの箱』っていうんです」

そこで、図書館員は、「ええ、知ってますよ。ジョン・メイスフィールドの作品です」とこたえた。

すると、プロデューサーは、「いや、そんなはずはない。子ども用の本ですよ」といったが、用事のため、それきり、むこうへいってしまった。

そのうち、かれは、また図書館員のところへもどってきて、

「その本に、もう一冊、つづきがあったのを思いだしました。どっちの本にもケイという少年が出てくるんです」

「ええ、それは、『夜なかに出歩く人びと』でしょう？　やっぱり、これもジョン・メイスフィールドの作品ですよ」

「まさか！　あのジョン・メイスフィールドですか？」

そういって、プロデューサーは、自分が小さいころ、すでにすぐれた詩人の作品を読みわけ、それによって読書の喜びを知っていたということに合点がいかないように、首をふりふりいってしまったというのである。

私は、五年まえにトロントで会ってきた「少年少女の家」の児童館員たちの顔を思いうかべ、いったい、このうれしい経験をしたのは、だれだったろうなと考え、だれだったにしても、忙しいテレビのけいこのあいまに、その若いプロデューサーと右のようなことばをかけあった時、ふつふつとその人の胸にわいてきたであろううれしい笑

いのようなものを想像することができた。

そして、また私は、私の家の小さい図書室「かつら文庫」に本を読みにくる近所の子どもたちのことを思いあわせ、かれらと二十年後にめぐりあった時、私もおなじような経験をしたいものだと思った。

「かつら文庫」にくる子どもたちは、たいてい熱心に本を読む。たいていというのは、毎週土、日の両日、せっせと文庫にやってくる子どものなかには、あまり本を読むことが得意でない子もいるからである。そういう子どもたちが、なぜ文庫にやってくるのか、ふしぎだが、その理由のなかには、ここにくると、仲のよい友だちがいるからとか、ほかにいる時とちがった雰囲気で、みんながにぎやかにやっているからとか、ほかにあそび場所がないとか、いろいろあるだろう。しかし、どっちにしても、長くつづいてやってくる子は、だれもが、自分からやってくるので、義務や義理のためにくるのではない。これが、文庫の発足いらい二年半、私たちが苦心してつくりあげてきた雰囲気だった。子どもの本来の心が、まるいボールであるとしたら、義務感や遠慮でいびつになっていない、まるいすがたで、欲する方向へ手をのばしていってもらいたいと、文庫のおとなたちは心がけてきたのである。

くれば喜んで迎えてやる、はたに迷惑なことをしなければ、たいていのことはだまっているという態度で、子どもたちを本のある部屋に放置しておくとおもしろい。子どもたちは、手あたりしだいに、あれを読み、これを読みしているうちに、だんだん方向がきまってくる。

Nちゃんという五年生の女の子は、文庫がはじまった時からきていて、本を借りたり、返したりしている。しかし、この子は、何となくちょこまかとして、本を読むより人のせわをやく方が多く、持ってかえる本も、読んで返すのかなと思われるふしがあった。どうも友だちがくるから、くるので、自分の勝手からいったら、本などに興味はなく、外でなわとびでもしたい子のように見えていた。しかし、二年半もきていると、いつか自分にぴったりの本にぶつかると見えて、「黄いろい家」エステス著渡辺茂男訳（あかね書房）を読んだ時、「とてもおもしろかった」と、心からそう感じたようにいって返した。

それから、いく日かして、文庫のあいてない日にNちゃんがやってきて、「黄いろい家」を借りられないかという。本だなをさがしてみると、だれかが借りだしていて、なかった。Nちゃんは残念そうだった。学校で、すきな本を紙芝居にするようにいわれて、「あれが自分の読んだ最初の本という気がするから」選んだのだが、ということだった。

「黄いろい家」は、ある一家のなかを描いた、筋といってはない、静かな物語で、児童文学としてすぐれた作品だった。私は、文庫にくる子どものうちでは、Nちゃんは、いわば、こういう上等な本とは縁どおい子と、知らないまにきめていた自分を恥じて、早速、カードをしらべて、借りだしている子どもに、読みおわったら、すぐ返してくれというはがきを書いた。こういう事件がおきると、私は、いつも「あぶない、あぶない」と自戒するのである。子どもは、いろんなものを、その中にもっている。子どもの外がわだけを見て、この子は、こんな子だなと、たかをくくってかかることは、とんでもない誤解であり、ぼうとくである場合が多い。とにかく、私は、それ以来、Nちゃんのいうことを、まえよりもっと気をつけて聞くようになった。

おなじく五年生のSさんは、何カ月かまえから、文庫にやってくるようになった女の子である。同じクラスのTさんが、文庫にきていることを聞いて、一しょにやってきたのである。ようすを見ていると、どうもTさんから誘われたのではなく、本のあるところと聞いて、Tさんにたのんで自分から一しょにやってきたらしい。きた日から、夢中で読みはじめた。元気なあかるい子で、「あたし、本だいすきよ。このあいだは、『××××』を読んだの。すごくおもしろかった。おともだちに貸したら、その子も夢中で読んだわ。」などと、むこうから話しかける。私は、「すごくおもしろい本」というのに好奇心をおこして、その本の発行所や著者の名などを聞いたが、もちろん、かの女は、そんなことはおぼえていない。今度の時、その本をもってきてくれるという。

そして、つぎの週、忘れずにもってきてくれたのが、私のあまり感心できない種類のちゃんばらものであった。私が読んでから、「どうもありがとう」といって返すと、「あたし、歴史だいすきなのよ」という返事であった。

それからというもの、Sさんは、とにかく、消化力のある子とみえて、毎週のようにやってきて、午前中いっぱい文庫で読みふけり、厚い本を三冊借りてゆく。厚いのでないと、一週間もたないのだということだった。

おもしろいのは、Sさんをつれてきた T さんの反応だった。T さんは、もうずっとまえに、お母さんが新聞か何かで「かつら文庫」のことを読んだといって、つれてきた女の子だった。（私たちは、こういうふうにしてつれてこられる子どもたちをあまり歓迎しない。なぜかというと、たいていの場合、そういう時、母親は、私たちがこの文庫でしようとしている以外のこと――つまり、たのしみのための読書でなく、勉強ができるようになること――を望んでいて、いきおい、子どもたちも、何となく不自然な状態でやってくるからである。）T さんも、どこか、お母さんへの義理でやってくるようなきみもないではなかった。本の選び方が、あまりにも散まんだし、できるだけ、短い、らくなものをもっていきたそうなようすがあった。

ところが、Sさんが一しょにくるようになってから、T さんの借りだす本が、がぜん、かわった。Sさんにつられて、実のある、こくのあるものを家にもっていくようになったのである。私の家の者は、子どもたちのかえったあと、貸しだしカードをしらべて、「あれ、Tさんがこんな本をもっていった」と、よくびっくりしたものである。それが二、三カ月つづくうちに、Tさんは五年生は五年生なりの、どっしりした本をごくあたりまえに読むようになった。そのおもしろさを知ってみれば、歯ごたえのある本は、また堪能のしかたもちがうわけである。

一方、そのまに、Sさんの読破した本の数はたいへんなものになった。Tさんの家がひっこしたせいもあって、Sさんは、もうTさんとつれだってはこない。自分だけでやってくるばかりか、少しすると、今度は、自分がリーダー顔をして、お友だちをひとりひっぱってきた。そして、自分の読む本について、あれこれと吟味するようになった。Sさんは、たいへん工夫力、鑑賞力があるとみえて、大体、あの社、この社から出ている少年少女のための全集を、拾い読みして、自分の一ばん気にいる方向はここときめると、むだな寄り道をしないで、そっちへつっこんでいった。Sさんが、こうときめた方向というのは、岩波少年文庫だった。

最近のSさんの本の借り方を見ていると、こんな調子である。日曜日の朝早くやってくると、前の週、借りていった本を返し、「岩波少年文庫」の目録を、かかっていた釘からとって、坐りこむ。そして、梗概《こうがい》をあれこれと読みあさる。それから、これというのを選びだすと、本棚にいって、その本をほかの人たちにとられないように確保する。そして、午前ちゅうは、そのうちの一冊に没入して、たいてい、私たちが、別の部屋で昼食をとっている時に、「さよなら」と声をかけて、家にかえるのである。

この勢いで読むから、本を供給するがわの私たちは、はらはらする。「Sさん、もっとゆっくり読みなさいよ」と、時には冗談にいったりする。

今度、岩波の少年少女全集が出されることになって、その内容見本が私の手もとにきた時、私はそれを文庫にだしておいた。Sさんは、「うれしい。新しい本が出るの？」と、それを取りあげたが、すぐに、「つまらないわ。知ってる本ばかり。あ、知らないのもある！　『床下の小人』のつづきが出るんだ！」と喜んだ。

「どうしてあたしたちの知らない本を、もっとたくさんださないのかしらねえ」と、Sさんも、これまで大勢の子がくり返した不平をいうので、それに対しては、日本の出版界の事情や社会状勢を説明してもいられず、

「そう思ったらね、Sさん、本屋さんへ手紙をだせばいいのよ。私たちおとなのいうことは、本屋さんはいうことをきいてくれないらしいのよ。」と、私はいっておいた。

それから、すぐあとのことである。岩波少年文庫の編集部の人から、「『かつら文庫』にSさんという子どもいってますか」ときかれた。きているとこたえると、分厚い封書をわたされた。それには、S・A子と署名してあった。Sさんは、私のいったことを真にうけて、少年文庫の編集部に手紙をだしたのだ。

手紙のなかには、Sさんが「かつら文庫」に今年の四月からきはじめたということから、その後二カ月して、「とぶ船」を読んだのをきっかけに、少年文庫を読みはじめ、それ以来、ほかの書店の本をまじえてたくさんの本を読んだが、中に、自分が選んで読んだ少年文庫は六〇冊であること、(ほかの本とのつりあい上、「かつら文庫」の書だなに出してある「少年文庫」は七〇冊あまりである。)とくにおもしろい本については、感想をノートに書きはじめたこと、(そして、Sさんは、二〇冊の本についての感想を、二、三行で記している。)そして、これからも、自分たちの知らない本を出してもらいたいなどということまでを、要領よく、はっきりのべている。

本についての感想は、子どもらしく、「とてもおもしろかった」「××が何々するところは、夢中で読んだ」というような大ざっぱなものであるが、そのふしぎに、「名犬ラッド」は、まえにもちがった本で読んだことがあるが、少年文庫のほうがおもしろく、また、この本によってラッドがほんとにいた犬であることを知っておどろいたことや、「あしながおじさん」は、正よりも続のほうをおもしろく思ったなどと、かの女自身の感じ方を示している。そして、少年文庫のよいところは、原文に近いところだといいきっている。

私は、私がかつて岩波少年文庫を編集したことをSさんが知っていたとは思わない。私は、子どもたちのまえで、どの書店の批評もしないし、私の仕事について、子どもたちに話したことはないからである。けれども、子どもたちが、本と接触しているあいだに、いつのまにか風に吹きよせられるように「少年文庫」のほうによってゆくすがたを、このようにはっきり見せられると、私は、たいへんうれしくなるのである。「かつら文庫」のできた二年半まえ、私は、ごく遠慮がちに、十冊ほどの「少年文庫」を本だなに出しておいた。大きな、色とりどりのほかの本のあいだで、「少年文庫」のじみなすがたは、とうてい、子どもの心をひき得ないと思ったからである。ところが、いまは、いつも、六、七〇冊が出ているというのは、子どもたちが読むからである。

これを見ていると、子どもたちのたのしむ能力は、たくましく、しかも、質を見わける能力は、育っていくのだということを信ぜずにいられない。子どもたちの美意識は、可能性として、その子どもたちにねむっているのだ。子どもたちは、さまざまなものにふれ、ためし、時をかけて、それを自分のものにする。だいじなのは、無意識に、たのしみながらそれを味わえるうちに、よいものに触れるチャンスを、どの子にも与えることのようである。

編集部にあてたSさんの手紙

初めておたよりします。私は小学五年で岩波少年文庫を愛読しています。

私が少年文庫を読みはじめたのは石井桃子先生の、かつら文庫に今年の四月に入ってから二か月くらいたった六月ごろからです。とぶ船を最初に読んだのをきっかけに、わりあい読みました。

かつら文庫に入ってからとても短かい感想をなるべくノートにつけるようにしています。七か月たった今では百三十さつくらい読みました。そのうち少年文庫は六十さつくらいです。読んだ少年文庫の本のうち特におもしろかったのだけノートの感想を書いておきます。

シャーロック・ホームズの冒険　大部分の短編は読んだ事もあるがおもしろい。

名犬ラッド　前にも読んだが本がちがうのでおもしろい。ラッドがほんとうにいた犬で事件も大部分がほんとうに起こったというのでおどろいた。

秘密の花園　上・下　メアリやコリンの性質が目に見えるように変わっていくのが楽しい。庭のようすが変わっていくのがおもしろい。

小公子　何度読んでもおもしろい。伯爵の言葉使いが少しらんぼうだ。

ハイジ　下　上より楽しい事が起きるのでおもしろい。

四人の姉妹　上・下　とてもおもしろい。おかあさんとベスが特別おかあさんがおとうさんの所へ行ってから悲しい事ばかりおこるのでなみだが出そうだ。この本の続の「よき妻たち」を読んで見たい。

床下の小人たち　家の中で使う道具の工夫がおもしろい。この本の続きの「野に出た小人」を読んで見たい。
小さな魔法使い　アンデルヌの森へ行ってからおもしろくなる。
あしながおじさん　続　正よりおもしろい。手紙の文章だけでできているがこ児院の改良がおもしろい。
長い冬　下　クリスマスのたるやごちそうがたのしい。
ふたりのロッテ　とてもおもしろい。
大草原の小さな町　ワイルダー先生がにくらしい。この続きがあったらよい。
ヴィーチャと学校友だち　シーシキンが文法がよくなったり犬に芸を覚えさせたり図書員になったりしていくのがおもしろい。
バラ色の雲　ビクトルデュの館が三つのうち一番おもしろい。
ジェーン・アダムスの生涯　ハルハウスのまわりがよくなっていくのがおもしろい。
アラビアンナイト　上　今までアラビアンナイトをたくさん読んだが、一番おもしろい。早く下が見たい。
エイブ・リンカーン　テレビで見た事もあるが、やはり苦心がくわしく書いてあるのでむちゅうになってしまう。
チボリーノの冒険　とてもおもしろい。さしえもかわいい。

ワショークと仲間たち　チョークの事で事件が起きるが時々なみだが出そうになる。とてもおもしろい。

といったぐあいです。

私は日本の物語より外国の物語の方がすきです。なぜかというと、外国のは長編が多くてへんかが多いが、日本のは短編でばかばかしいようなものが多いからです。

それから主人公やまわりの人の性かくの変わるものがすきです。たとえば八人のいとこ　ひみつの花園　小公子などです。

また外国の日常生活もすきです。たとえば若草物語・ヴィーチャと学校友だち・ワショークと仲間たち・ハイジ・こぐま星座などです。

少年文庫のよい所は原文に近いという事だと思います。原文はまだとても読めないので、なるべく原文に近いのを読みたいのです。

それから小さくて持ち歩きやすいという所だと思います。

こん度全集が出るそうですね。こぐま星座と床下の小人たちが早く読みたいです。八人のいとこ・がんくつ王は少年文庫からできるだけくわしいのを出してほしいと思います。

これからも外国のめずらしくておもしろい本をたくさん出して下さい。

さようなら

十一月四日

S君の読書歴

子ども相手の仕事は、何ごとによらず、細心で、しかも長い目で見なければならないなと、このごろ、つくづく考えさせられます。奥そこに深いものをもっている——その子ども本人は、知らないにしても——子どもを相手にする時、その子をかんたんにきめてかからないこと、というのが、子どもと一しょに二年半ほど本を読んできて、いまさらのように私が自戒することがらです。

私の家の小さい図書室に、この図書室ができた時から本を読みにきている、S君という男の子がいます。最初は四年生でしたが、そのころから、一心不乱な本の読み方は、私たちおとなを喜ばせてくれました。ひとが、そばでさわいでいようがいまいが、おかまいなしに、本のなかに没入できるのです。そして、まるで征伐するというような勢いで、図書室にくる新しい本をバタバタと読みつぶしてゆきました。

最初、S君がとりついたのは、世界の民話でした。それから、創作物にうつってゆき、五年生のおわりごろには、ずっしり重いのを、一カ月に五・六冊は借りだしてゆきました。本を読んでもらいたい立場の私たちからは、まことに優等生でした。

けれども、そのころになって、私は、ちょっとS君に不審をいだきはじめました。ふつう男の子がこのんで読む、飛行機やその他の科学ものの本を読みませんし、私の家の犬などとあそぶのはだいすきですが、ほかの子とキャッチボールをしてあそぶというようなことはなさそうです。どこか、ちょっと片よったところがあるのではないか、さりげなく、本以外のことをいろいろ話しあってみようと考えていた矢先、ある日、S君と一しょに、お母さんがぶらっと図書室によられました。

S君を図書室にのこして、私はお母さんと茶の間にはいったのですが、それからのお母さんの話は、まったく私をびっくりさせました。図書室での優良児S君は、学校では劣等児にも近い存在であるらしいのです。S君は、左ききを右ききになおした子であるせいか、字がとてもへたで、その関係で、試験の答案などもくちゃくちゃ、点数もかんばしくありません。このままでいったら、中学でどんなにこまるだろうかと、先生もたびたびお母さんにその点の注意をなさるそうです。家でもついそのことが問題になるので、ひとりで自分の机のあるすみにこもりがちだということです。ほとほと困りはてたというお母さんの話に、私は、ほんとにおどろきましたが、その時、私の心には、もう一つの心配がわいていました。

その心配というのは、廊下をへだてた図書室で、S君がぼそぼそとかきくどくお母さんの声をききながら、とうとう自分の秘密がここでも知られてしまったなと思っていないだろうかということでした。私の家に本を読みにくる子どもは、だれからも学校の成績を云々されることはありません。ここでは、すきな本をすきなように読んでいいのです。（ただし、ここに出す本は、私たちが前もって大体選んではおきますが。）

お母さんと話をしあったあとで、私には、S君が、なぜあのように本のなかへ没入していったか、前よりずっとよく理解できるようになりました。この図書室、そして本のなかの世界は、いわば、S君の憂《う》さの忘れどころであり、また、S君が字がそれほどへただということなど、露ほども知らない私たちは、S君にとっては、じつにのびのびと話のできる相手だったのでしょう。お母さんや先生に見せていたS君の面と、私に見せていた面とは、ほとんどちがった子どもといってもいいくらいに、べつのものだったのではないかしらと、私は考えました。その後、わたくしはS君にたいしては、S君が左ぎっちょであることを知らなかったたまえと、まったくおなじ態度をとっています。S君がよく本を読み、本をたのしめるということは、ほんとにいいことなのですから。けれども、時どき、通りでS君のお母さんと出あうと、できるだけS君を特別あつかいにしない方がいいのではないかということ、私たちで遠足をしてみるとか、男の子同士のベース・ボールのゲームにさそいこむとかして、S君にみんなと一しょにたのしむこつをおぼえさせ、自信をつけさせる方向を講じてみようではないかということを話しあうのでした。

六年生になってから、S君は、前ほど図書室にちょいちょいこなくなったと思ったら、ボーイ・スカウトになったとのことで、団服を着て、いささか得意な顔をしてやってくることがあります。私たちは、大いに喜んでS君を迎えてやります。

S君のことを考えると、いつも反省させられるのは、S君の本を読む態度を、私がただ喜んでばかりいないで、もう少し細心に見ていたら、私はもっと早く、S君のなやみを知りえたろうにということです。

児童図書館への願い

こういう題をあたえられたが、児童図書館というものを、私はどう考えているかを、まず最初にいっておきたい。そうしないと、それについての願いも、はっきり出てこないと思われるからである。

児童図書館とはいっても、独立した図書館である必要は、すこしもないと、私は考えている。ないどころか、図書館というものは、一般の図書館利用者が目にすること以外に、本の選択、購入、カタログの整理、本の保存切りすてというような、複雑なことがからんでいる有機体であるから、児童図書館も、十分な活動をしようとしたら、そういう仕事をおろそかにすることはできない。とすれば、児童図書館だけで、独立してそうした面倒なことをするよりも、ある公共図書館の一部として運営された方が、奉仕の仕事はずっとスムーズにいくだろう。

だから、ここで問題にする児童図書館は、「館」でなく「室」でいいと思うのだが、日本では、「児童室」というと、いかにもおそまつに、図書館の片すみに、いくらかの子どもの本と、いくつかの机といすをおき、ほかの係の図書館員が、片手間に処理するところ、ということになりやすい。そのように、何でも「片」という字がついて、片づけられてしまうことをおそれて、いまの場合は、公共図書館の児童部——または、ほかのどんな形の子どもの図書館でも——には、おとなのための奉仕とは、またべつな、だいじな仕事があるのだといういみで「児童図書館」の名で、話をすすめていきたい。

児童図書館に本を読みにくるのは、子どもである。そして、そこにおいてあるのは、子どもの本である。そして、そのせわをするのは、ぜひとも、子どもと子どもの本を知るおとな、専門の児童図書館員であってもらいたい。

そこで、まず、子どもというものは、どんなものだろうか。私も、六年まえ、私の家に小じかけの文庫をはじめ、子どもたちに接してきたわけだが、子どもは、じつにふしぎで、おもしろいものに思える。子どもは、自分では求めるものがいっぱいあるのに、何を求めているのか、それを十分に話すことができない。しかし、適確に自分をおもしろがらせたものにぶつかった場合、そのものは、子どもの心にやきついてしまう。

私の尊敬するカナダの児童図書館員の草分け、リリアン・スミス女史は、子どもの心を知る最善の道は、「自分の幼時の記憶を手がかりにすることと、想像力を働かせることと、いま身辺にある子どもを観察することだ」といっている。子どもたちに接してすごしたこの六年間、私は、ことごとにこのことばを思いだし、その中にこめられている真実に驚かされた。

「おもしろかったあ！」といって、本をほうりだしてそれ以上、その本のことをたずねても、ろくに返事もしない子ども、または、何度も何度もおなじ本を借りだす子ども、こういう子どもたちにであうとき、私は自分の幼時をふりかえる。

私にも、小さい時の愛読書があった。「舌きり雀」や、アンデルセン童話のあるものや、「家なき子」であった。これらは、五才ごろから十二才ごろまでの私に感銘をあたえ、のちの私の物の考え方にまで影響をあたえたのではないかと思われるのだが、このような本や話にはじめてめぐりあったとき、幼い私は、意識的にはどんなことを考え、どんな反応を周囲に見せただろうか。

いまになっても、はっきり思いだせるのは、「舌きり雀」の絵本を読んでもらい、おじいさんが山からかえって、雀のいなくなっているのを発見したところまできた時、私は先を聞きつづけることができないほど泣いた。

アンデルセンの「大クラス・小クラス」は、たぶん小学校四年ごろ、おもしろくておもしろくてたまらず——御馳走にたとえれば、ほっぺたがおちそうだった——友だちに話してやったら、その子は、すこしもおもしろがらないので、がっかりした。おそらく、私の発表力は私の心の中のものをたのしみ、味わう能力より格段に劣っていたにちがいない。

「家なき子」は、六年ごろ、一日がかりで友だちに話してやったが、その時は、けっこう相手をよろこばせることができた。

こんなことをしていた時、私は、いったいどんな顔をし、どんなことを本についておとなに報告していたろうか。何もしていなかったといって、まちがいはなさそうである。そして、本の読後感を聞かれたら、うるさがったり、迷惑がったにちがいないという気がする。まったく、こうした自由な読書から得たたのしみは、たまらなくなって自分からひとに分けあたえようとする場合はとにかく、ひとから根ほり葉ほり聞かれて、ありのまま話せるような性質のものではなかった。

よくこのごろの先生や心理学者の中には、子どもは、話をばく然としかうけとらないから、はたからいろいろ注意して、質問したり、教えたりする必要がある、という人がある。しかし、子どもの心は、そんなものだろうか。私の記憶によれば、「舌きり雀」の雀とおじいさんの別離のかなしみや、やぶのなかの雀のお宿の光景は、読んでくれた姉よりも、五才の私の心の中によりはっきり描きだされたのである。感覚的には、おとなよりも鮮明なのが、子どもである。もし子どもの心に、はっきりしたものをあたえ得なかったら、それは、あたえる本が子どもにはっきりうけとれないようにできていたからではないだろうか。

私は、むかし、私の読んだ「舌きり雀」や「アンデルセン」が、どの本であったか、知るよしもないのを残念だと思う。子だくさんの私の家では、本も着物とおなじように、末子の私のところにくるまでには、かなりくたびれていたから、やがて反古《ほご》となって、消えてしまったにちがいない。

しかし、もし日本にも、古くから児童図書館というものがあったとしたらどうだろう。私にそれだけの感銘をあたえた本は、ほかの子どもたちにも、程度の差こそあれたのしまれて、子どもの基本図書の中にくみこまれ、今日も、まだ残っていたかもしれない。それはともかくとして、子どもの本は、今日あるよりも、ずっと生命をながらえて、一つの時代からつぎの時代に伝えられたにちがいないのである。

一つの本がある時代の子どもに読まれて、また二十年、三十年たってからの子どもに愛読されるということは、どういうことだろうか。それは、その本が、一つの時代の子どもの求めるものではなく、いつの時代の子どもにも訴えかけるものをもっているということである。つまり、そうした本は、子ども自身が、自分では答えてくれない秘密、子どもの求めるものは、こういうものですよという答案を、私たちに示してくれていることになる。

こうして、つぎつぎにつみ重ねられていく子どもの本は、その国の子どもの精神構造の骨になるのだといっても、大げさすぎはしないだろう。おばあさんの親しんだ歌のことばを、孫も知っている。母親の知っているお話の主人公は、子どもも知っている。こういうことがなくて、一つの国の伝統や文化があるのだろうか。

そして、こうした広い範囲の精神的な財産のうけわたしは、公共の児童図書館なしには、けっしておこなわれない。一家族の買いこむ本は、かぎられているし、子どもが大きくなれば、すてられてしまう。そこで、多くの子どもの反応を見るチャンスもなく、本はどんどん製造され、消耗されていく。だいじな成長期に、消耗品だけを与えられてすごす子どもこそ災難である。子どもが見たらつぎの日は忘れてしまうというようなものを、ながめて、きのうも今日もすごすとしたら、それは、一つの国にとってまったくたいへんなことなのだが、それを考えないおとなは案外多い。

私の願いは、このマスコミの猛攻勢にさからっても、よい児童図書館——子どもが、たのしく自分の心を育てる術をおぼえるところ——が、一つでも、二つでもふえていくことだが、それは、けっしてやさしく成就されることではない。

それは、前にもいったように、子どもにぴったりする基本図書を築きあげるには、年月がかかることだし、子どもは、おさないうちに、たやすく興味にかられて本の世界にはいりこんでしまわないと、年がいってしまってからでは、読書がめんどうな、いやなことになってしまうからである。しかし、八方ふさがりだといって、私たちは手をつかねていいというはずはない。まず目のまえのことから、足もとから、はじめるべきだと私は思う。目のまえにいる子どもをたいせつに考えよう。子どもたちの心にふかいかかわりを持つはずの児童図書館員の身分を尊重しよう。そして、子どもの本と読書に関心をもつ人たちは、はげましあい、助けあっていく必要があるだろう。

たいせつな児童図書館

私は、このごろ、日本は世界のどこの国にもまして、児童図書館を必要としている国だ、と考えるようになりました。

英米、その他の文明国では、すでに子どもの図書館は、図書館全体の組織の中にくみこまれ、レールの上を走るように動いています。その一方、普通教育もおこなわれていないような、多くの後進国では、児童図書館どころか、本の読めるおとなさえ少ないのですから、そういうことより先に解決しなければならない問題が、山積しているでしょう。

ところが、その中間にある日本では、文盲率が、世界でもいちばん少ない国の一つでありながら、児童図書館の活動といったら、お話にならないというのが、現実です。そんなことより、たいへんなお金をかけて、新幹線を走らせ、テレビは九十何パーセントとかいう普及率を誇って、文化国家を名のっています。こういう数字を見せられたりすると、私たちはつい、自分たちが非常に高度の文化をもち、うるおいある生活をたのしんでいるように思いこみがちですが、ほんとうにそうなのでしょうか？　日本人の心は、交通がスピード化され、テレビが普及されるにつれて、豊かなものになったでしょうか？　ことに、成長期の子どもに、それが益をもたらしているでしょうか。

私には、どうも逆のように思えてしかたがありません。子どもたちの挙動はおちつきがなくなり、考えは、こまぎれになったように感じられます。これが、将来いよいよ複雑になる社会に生きることを運命づけられている子どもたちのためのよい社会でしょうか。

子どもというのは、いつの時代でも、生来の好奇心や想像力を働かせて、一歩一歩、自分のまわりの現実を確めながら、経験をたくわえ、その途中で考える力や、判断力を養い、やがておとなになってゆきます。これからの世の中に対処してゆくには、持続して問題をつきつめる思考力、また抽象的な思考力が必要でしょう。こういう力を養ってゆくには、テレビやラジオにもまして、文字の力が大きいことは、だれが考えてもわかります。

テレビやラジオ用の物を書いている人、またはプロデューサーといわれている人たちからも、聞いたことがあります。映像や音を使って、人に何かを伝えようという場合、ある感じ方、考え方のとば口まではゆくことができる、しかし、そのおくまでつっこんではいってゆこうとすると、とても文字にはかなわないというのです。

では、文字が、近代人にとって、それほど重要なものを盛れるからといって、必要な時になったら、それを使えばいいかというと、そうかんたんにはゆきません。たとえば、小学校の時には、字のつまった本は、見るのもいや、中学にいったら、読むといっても、そう注文通りにはゆかないのです。人間の頭は、順序をおって発達しています。まだ、字の読めない子どもも、二才をすぎれば、やがては、文字で読むようなことを、頭で考えだしています。つまり、この子は、お話を聞き、お話の内容を頭の中に描き、すじを追って、理解してゆくという、たいへん高等な営みをはじめています。この子は、まだ文字を読めませんが、絵なら読めます。そして、この子にとって、この絵は、永久に絵のままで終るのではなくて、それは、やがて、文字にとってかわられるものなのです。そして、学校にはいると、いよいよ文字は、本式にこの子の生活にはいってきます。

しかし、学校にいってさえいれば、その子と、文字の関係は、それで十分でしょうか。そこが、このごろの日本でおとなたちのまちがっている点だと思います。

学校では、いちいち試験をし、いちいち点数をつけ、いちいちその進歩の速度、または進歩しない程度を確めながら進んでゆく必要があります。それが、学校の一つの任務なのです。しかし、人間の精神は、それだけで育てることはできません。ことに、子どもにとって、たのしみは、絶対に必要なものです。自分たちだけの世界にはいりこみ、自由な想像力を羽ばたかせ、好奇心を満足させることは、子どもが伸びるために、ぜひ必要な条件です。よく運営されれば、児童図書館は、子どもにそういう世界を味わわせるところになるのです。

どの子どもの教育も放っておかれず、日本で生まれた子は、どの子も学校にゆかなければならないように、その子が、学校で学んだことをフルに使って、いっそう広く、いっそう自由な自分の世界を見つけるための施設、児童図書館が、物質的な面では、こんな進んだ日本に十分できていないのは、ほんとにおかしなことです。ぜひよい子どもの図書館を、一日も早く、一つでも多くつくること、これが、私たちの子どもへの義務だと思います。

さて、児童図書館が、子どもの教育――教育といっても、広いいみの――に必要だということに、大分紙数を費してしまいましたが、では、よい児童図書館は、どうあるべきなのでしょうか。

くどいようですが、町の児童図書館は、学校と連絡をとることはあっても、そこからはまったく独立した働き、たのしみのための読書を子どもに提供するところ、ということを、まず第一に考えておきたいと思います。

では、児童図書館がよい活動をするためには、どういうもの、または人が備わっていなければならないかを、順序不同にあげてみますと、

児童図書館員。この人は、子どもと本について、かなりの程度の知識をもち、子どもがすきで、子どもを尊重することを知っていなければならないと思います。

つぎには、本。これは、十冊や二十冊ではなく、年令的にいえば、三、四才から、十二、三才までの子どもの要求に答えられるもの、また種類からいえば、文学からノン・フィクションにまでわたる広範囲のコレクション。それも、ただでたらめに寄せ集めたものでなく、内容、さし絵、造本等の点で、かなりきびしく選択されたもの。つまり、過去のかなり長い年代にわたって、子どもが愛読した本は、それをつぎの時代の子どものためにとっておき、新しく出る本は、その過去のよい本をおとなの目、勉強した見識をもって選んで、古い蔵書に加えてゆく、こうしてつみあげた基本図書を備えてはじめて、そこへ子どもたちを野放しにすることができます。

この図書選択の仕事は、図書館員の仕事のうちでも、一ばんむずかしく、一ばんだいじな仕事だといえましょう。いくらりっぱな図書館（建物）ができても、そこにならぶ本が、一、二年で消えていっても、少しも残念でないような内容のものばかりだったら、そこでの仕事は子どもを育てることがないし、また児童図書館員のがわからいっても、まことに手ごたえがなく、進歩はありません。

それから、三ばん目に、子どもが、気もちよく本を選んだり、読んだり、お話を聞いたりできる場所――りっぱでなくても、気もちよい場所が必要です。

こういう条件を一つ一つ考えていってみると、どれも画に描いた餅のようなもので、いまの日本では、注文しても、むりと思われるようなものばかりです。

第一に、子どもの本を選べる児童図書館員ということ一つをとりあげてみても、自分の見識をもって本を選ぶことができるようになるまでには、その人は、かなりながい間、子どもを相手に図書館につとめていなければなりません。ところが、日本では、児童図書館どころか、図書館全体が、まだ庶民へのサービスという点で、かっちり働きだしているとはいえません。現在多くの図書館は、学生への試験勉強の席を提供することが主な仕事になっていますが、それをだれもふしぎに思わない状態です。こういうことでは、図書館員という、一つの国の文化にとって大きな意義をもちうる仕事も尊重されず、まして、児童図書館員の身分などは確立されません。

子ども相手の仕事は、一つところでじっくり腰をすえてやらないと、なかなか子どもを理解するところまでこぎつけないものです。おとなは、もう子どもではないからです。まして、とんだり、はねたりして遊ぶのでない、子どもの心の内面に関係ある本の問題となれば、一年や二年で、何もかもわかってしまうというわけにいきません。しかし、身分も確立していないところで、だれがじっくり、そんなむずかしい問題にぶつかってゆく根気と余猶をもちうるでしょうか。

こんなことを考えてくると、日本の児童図書館の問題は、ないないづくしで、どこから手をつけてよいかわからない、いっそ何も考えない方がらくだという種類のことに思われてきます。

しかし、一方で、いわゆるマス・コミとよばれるものは、子どもの心の手足をひっぱるようにして、この間げきにはいりこんできます。作者の良心ということとはべつに、テレビやラジオには、視聴率という問題があります。視聴率が高くないと、スポンサーがつきません。そこで、視聴率を高く高くとねらい、それも、たいした時間をかけずに、一ばん効果の多い方法を選べば、それは刺戟を大きくすることだくらいは、素人でもわかります。その結果が、子どもは、外をかけ歩いたり、もっとふかいたのしみを味っていられる時間に、じっとテレビの前に坐って、自分がかけ歩くかわりに他人がかけ歩くのをながめ、長い実のあるお話をたのしむかわりに、瞬間瞬間うつりかわるくすぐりで笑わせられるということになります。昔も今も二十四時間しかない一日のずいぶん多くの時間を、成長ざかりの子どもが、こうしているのを、そのままにしておいていいかどうか、ということが、私たちおとなの責任になって、残ってくると思います。

もし、このままではいけないとしたら、私たちは、どうしたらいいのでしょうか。

一つの解決法として、私の家の子ども図書室「かつら文庫」を開いてからの経験をお話ししてみましょう。

「かつら文庫」ができて八年になります。できた時、本を読みにきた子どもの中で、四年生だった子は、いまは高校を卒業して就職し、幼稚園だった子は、中学二年になりました。文庫びらきをしたのは、つい昨日のことのように思えたのに、子どもの成長を見ると、その年月のもたらすものの大きいことにおどろかされます。

いまも、約百六十、七十人の子どもが、かわり番に本を借りにきますが、これを見ていると、テレビ時代の子どもが本を読まないというのは、うそだということがよくわかります。たいていの子どもは、そこに本があり、自分がいくと、歓迎してくれる人のいるところがあれば、本を読みにゆくのです。

ただ、その迎え方を、おとなは、とかく間ちがいがちです。ねこなで声で迎えることは禁物です。子どもは、本能的に、自分のすきになれる人、なれない人を見わけます。ねこなで声で自分をひきつけようとする人は、子ども自身のためよりも、結局は、自分の満足のために、子どもに本をすすめたいのだということをかぎつけるでしょう。

よく一生懸命に、熱心に文庫をはじめて、子どもも、はじめは大ぜいきたが、そのうちぱったり来なくなってしまったという話を聞きますが、子どもも、まるで獲物を待ちかまえるように待たれてはたまりません。子どもが本を読みにきたら、その子どものために喜んでやらなければなりません。しかし、喜ぶといっても、べつにそうニコニコする必要はないのです。その子を、ひとりの人間として迎えてやるのです。

それから、本を選ぶ場合には、虚心タンカイ、おとなの偏見を去り、子どもの身になって、子どもはどういう本を喜ぶのだろうかということに、好奇心をもって対する必要があります。子どもが、本を返しにくる時の顔色に気をつけます。私たちは、「おもしろかった?」「つまらなかった?」「何が書いてあった?」とは聞かないことにしました。いつもそう聞かれると思うと、子どもは、読む時に、頭のすみで返事を用意しながら、読むことになります。つまり手ばなしでその本の中にはいっていかないのです。しかし、こちらから聞かないでも、子どもは、積極的におもしろかった本については、いろいろ話してくれます。

子どものおもしろがる本、それが、私たちの考えをきめるための先生になってくれました。絵本ではどういう本をおもしろがったか、やさしい物語では、どれを喜んで読んだか、高学年では、どんな本がしばしば借りだされたか、そういうことがつぎに本を選ぶ場合の指針になってくれます。そういう本は、それぞれに、書いた人もちがい、体裁もちがいますが、たとえば、一年の間にぼろぼろになってしまった絵本が十冊あったとすれば、それを比較研究することによって、私たちは、幼い子どものための話には、登場人物は、大勢出てきてはいけないのだな、話は、単純に、どんどん進行していなければならないのだな、時間的に逆もどりしてはならないのだな、というようなことを学びます。そしてつぎに絵本を買う時に、そうした条件を頭に入れて選びます。

ほんとうに、文庫を開いて以来、子どもたちが、借りだした本を手に、「おもしろかったあ！」といってとびこんでくる時ほど、私たちにうれしい時はありません。小さい子どもの本では、中川李枝子さんの「いやいやえん」、ガネットの「エルマーとりゅう」、それに大きい子の本では、最近C・S・ルイスの「ナルニア国物語」のシリーズが、そういう本でした。「ナルニア国」は、いまのところ、七冊つづきの本が、各冊三冊ずつ出してありますのに、文庫の本棚にとどまっていることが殆んどないのです。一冊を読みおえた子は、すぐそのつづきを読もうとし、つづきが文庫にもどってきていないと、「だれが借りてってるのかな？」と残念がり、「返ってきたらとっておいてね。」と予約してゆきます。

こういう「かつら文庫」の子どもたちのようすを、時たま、よそのおとなたちがのぞき見をして、この子たちが、どんどん自分で自分の本を選んで借りてゆくこと、また、かなりの子どもがたてこんでいても、わりにおとなしいこと、本がよごれていないことにおどろきます。そして、この子どもたちは、住宅街の、恵まれた家庭の子どもだからうまくゆくので、どこの子どももそうはゆかないだろうと考える人もいます。たしかに、そういうこともあると思います。しかし、「かつら文庫」でも、はじめは、てんやわんやでした。おとなの私たちが、子どもの扱い方になれず、また本の選び方もへたでしたし、また八年前には、本も、子どもをがっちりひきつけるものが、いまより少なかったように思います。つまり、文庫にくる子どもの質は変わっていなかったのに、それをとりまくものが——おとなと本が——今日のようでなかったと思います。しかし、いつのまにか、「かつら文庫」は、おちついた子どもたちを迎えることができるようになりました。ほんとうにこのごろは、いい子ばかりだなあと思います。

それから、この八年間で、もう一つおもしろかった経験は、私たちの文庫よりも二年ほど早く発足した下町の文庫との情報の交換でした。その文庫には、静かな住宅街にある「かつら文庫」とちがって、読書以前の問題がたくさんある子どもたちが集まってきました。私たちはそこで子どもたちの面倒を見る人たちと、いつも連絡を保ちながら、両方の文庫を運営しているのですが、はじめ、そちらの文庫の人たちは、自分たちのところにくる子どもは、「かつら文庫」の子どものような本は読めないのだといいました。そして漫画的なもの、図鑑的なもの、雑誌などを大分おいていました。しかし、私たちも、それをふしぎと思わず、むりもないことだろうと考えました。しかし、そういうことをしている間、その文庫では、子どもたちは、何年たってもおなじ状態、そこは、文庫というよりは、遊び場、さわぎ場になってしまうのでした。そこで、ある時、その文庫では大改革を施しました。何カ月か文庫を閉鎖し、つぎに新たに開いた時には、選んだ本だけをおきました。はじめ、はいってきた子どもは遊び場だった時よりは、ずっとへりました。しかし、だんだんふえはじめ、しかもおもしろく、うれしいことに、そこの子どもは、「かつら文庫」の子どもとおなじような本がすきになりました。

もっとも、そこの文庫には、「かつら文庫」の子どもたちほど、自分ひとりで本を選んだり読んだりできない子どもが、かなりいました。そういう子どもには、本を読んでやり、お話をしてやりました。すると、子どもは、どこの子も、おなじような本がすきなのだということがわかってきたのです。いまでは、一週に一度開く午後に、三、四十人の子どももやってきて、中には、お話の時間だけを聞きにくる子どももいるとのことです。（こういう子どもは、たのしみです。本が読めない子どもでも、お話は聞けますし、またお話を聞いているうちに、いつのまにか、だんだん本を読みだす例が、たくさんあります。）そして、時をへるにしたがい、お話の聞き方は、とても上手になって、このごろでは、ずいぶん長い、深みのあるお話もたのしんで聞くそうです。

こういう個人的な文庫の経験を書きましたのは、このようなささやかなしかけの文庫――一週間に数時間ひらき、しかもほかの仕事をやっている人間が、むりにひねりだしたエネルギーで支えている文庫でも、子どもが環境によってのびるということを信頼する気もちをもってあたってゆけば、百五十、六十人くらいの子どもには、たしかに役にたったという手ごたえのある仕事ができますし、また、それは、おとなにとっては、子どもの心はどう働くかということについての大きな勉強であることをいいたかったからです。

ましてこれが、公けの仕事であったら、それにあたるものは、一日じゅうそれを仕事にできるのですし、日本じゅうに、そういう小さい子どもの部屋がたくさんでき、横のつながりができたら、日本のために、どんなによいことだろうと考えると、心がおどるようです。

日本は、まだしなければならないことが、たくさんあります。自分たちの幸福のために働くことも必要ですが、それこそ、図書館どころではない、餓えている人のいる国のためにも、日本の子どもが、人間らしい、他のしあわせをねがう人間になる下地を備えつつ育ってゆけるよう、努力するのが、いまの日本のおとなの責任だと思います。児童図書館の仕事は、たしかにその一面をになうことができるはずです。

夏休みの読書

　先日、私の女学校の一年のときの「夏休みの日記」が出てきたからといって、姪が送ってくれた。読んでみてびっくりした。もうじつに字はへたくそ、書いてあることは、ぞっとするほどのおきまり文句。

　字のへたなのは、しかたがないとしても、その夏休みが、私のおぼえているその夏の記憶とは、とんでもなくちがったものとしてあらわれている。おそらくは、夏休みのおしまいの日に、何日もためておいて、書きなぐったのだろう。こんなものを、何十と読まされる学校の先生こそ、御苦労さまなことである。

　けれども、書かされる日記や、読まされる本が、おもしろくないのは、人間としては、当然なことではないだろうか。

　その夏、私は、病気で、千葉の小さい漁村の知りあいの家にあずけられた。そのころは、宿題もあまりない、のんびりした時代だった。そして、親たちも、夏休みの読書などといって、本をあてがってはくれなかった、少くとも私の親たちは。そこで、私は、宿題の帖面と着がえをもって、家を送り出されたのだが、いった家には、村にはめずらしく、本箱があって「巌窟王」や「シャーロック・ホームズ」や「浪六」がはいっていた。

私は、漁師の子どもたちとあそぶ以外の時間を「巌窟王」と「シャーロック・ホームズ」を読みほおけてすごした。「浪六」は、なんだか、おもしろくなかった。次の年もおなじだった。一年の間に前の年に読んだことは、すっかり忘れていたから、「巌窟王」と「シャーロック・ホームズ」は、またまえとおなじ忘我の時間を私に味わわしてくれた。

いま、あのころの夏休みを思いだしてみると、青い空と、いっしょにふのり取りをした漁師の子どもたちと、「巌窟王」と「シャーロック・ホームズ」が教えてくれた、自分ひとりでさがしあてたロマンスの世界が思いだされる。

パール・バックが、図書館に働く人たちの会合で、夏休みの宿題をやめよ、そうしなければ、これからの子どもたちは、真の読書の喜びというものを知らないようになるだろうと、演説したそうである。

このごろ、どこの家にいってみても、親子もろとも、宿題にとっくんでいる。私など助だちにたのまれても、ちっともわからない問題ばかりである。それから、「子どもたちにどんな本を読ましたらいいでしょう」という質問を、いつも出される。

万人にむく本もあることは、ある。けれども、多くの場合、友人や、恋人のように、本も、ひとからおしつけられたものは、どうもありがたくないように思われるのは、私がつむじまがりなせいだろうか。もし私に子どもがあったら、できるだけ、時間をつくって、私が小さいとき、夢中で読んだ本の話や、いますきな本や、いま一ばん世のなかで関心のあることを話してやるだろう。そして、いそがしいときには、その子の能力にしたがって、自分で自分の本をさがしてもらうようにするだろう。

うつをぬかす本

中勘助著「銀の匙」岩波文庫

人間が、一生のうちに、うつつをぬかす本、そして、死ぬまえにそれにめぐりあえたことを喜べる本が何冊かあるとしたら、私にとって、「銀の匙《さじ》」は、その一冊です。

ある友人に読め読めとしつこくすすめられて、うるさいなと思いながら、読みだしたとたんに、うつつをぬかしたのが、もうずいぶん前の話です。

文章が美しいとか、幼児の心理がどうとかという解剖は、私にはできそうもありません。著者の経験した明治時代の幼年、少年時代というものが、色やにおいや音と一しょに私の前に浮かんできたのです。この本は、日本がもった歴史のひとこま、一つの世界を私に見せてくれました。そして、それは、たぐいまれな美しい心が写しとったものに思われました。

もう戦争もかなりはげしくなったころ、北京で、ある機会にお会いした周作人氏が、中国語にほん訳したい本として、ただ一冊あげたのが「銀の匙」であったので、ここにも心のかわきをこの本で癒している人がいるなと思いました。

井伏鱒二著「丹下氏邸」あるいは「鯉」昭和六年春秋社版

この本の題がはっきりしないのは、ボール紙の表紙がボロボロになり、とれそうになっていたところ、私がこの本をだいじにしていることを知らないある人が、ストーブにくべそうになり、危機一髪というところで救い出され、そのため、もうずいぶん前から、表紙および目次の半分がない本になっているからです。

内容は、「丹下氏邸」「悪い仲間」「背の高い椅子の誘惑」「鯉」「夜ふけの客」などで、このなかで私がことに愛誦するのは、「丹下氏邸」と「鯉」です。

本の大きさは、タテ十三センチ半、横十七センチの横ながの、おっとりした本です。こんなことを書くのは、規格の大きさの全集本で「鯉」のような作品を読むのは、私には、作品まで堅くなるようで、この本以外の場所で「鯉」をよみたくないからです。

「鯉」という作品も、私には解剖ができません。先日、ある会で、ある問題についてカンカンガクガクの議論をしたあとで、私がこの本から「鯉」を朗読しました。

朗読がおわると、みんなは、ため息をついただけで、しばらく何も言えませんでした。

いままで何てつまらないことで、議論してたんだろうと、みんなで言いあいながら、散会しました。

G・エクスタイン著　内田清之助訳「鼠夫婦一代記」中教出版社

エクスタイン博士は、アメリカの生物学者ですが、野口英世博士のもとで研究したこともあり、伝記「ノグチ」を書く時には、日本にも来ました。

この本の原名は、“Lives”「いくつかの伝記、または、生涯」といういみでしょうか。エクスタイン博士が身辺においたことのある、何匹かの鳥獣(それに、ジョーというスペインからの移民で、変わり者がひとり出てきます)の記録です。しかし、いわゆる科学的な観察記ではなく、ふしぎな物語にさえおもえます。

登場人物(?)は、内田博士の訳された題名にもあるネズミの一家、ネコ、ハト、アブラ虫、カメなどで、それが、一つのこらず変わっていて、エクスタイン博士は、偶然にも鳥獣界での変わり者に会ったのでもあるかのような状況を示すのですが、さにあらず、動物は、その接する愛情によって、こうまで変わってくるかとおどろかされます。

ことに、博士を慕うあまり、オスをもしりぞける雌バトの話「ハト」、また、生涯を博士のテーブルに送ったネズミの話などは、愛情により動物は、ある瞬間、動物以上のものになるのではないか、愛情というものは、進化論に一枚加わるべきものではないかという錯覚さえおこさせます。

私の「嵐が丘」

私のたいして幅ひろくない読書歴のなかで、あまりの暗さ、おそろしさ、苦しさのために途中で放りだしてしまった本が一冊ある。それは、エミリー・ブロンテの「嵐が丘」だった。

いったい、ブロンテ姉妹という名は、英文学の門をちょっとはいりかけた者にも、すぐ紹介され、また興味をもたれるというのは、なぜだろう。三十年前、学生だったころ、英文学のイロハもよくわからない私たちに、ある先生は、ギャスケル夫人の「シャーロット・ブロンテ伝」を書き取りの材料に使い、おかげでスペリングにたいへん弱い私も、Brontëというめずらしい名を一ぺんでおぼえた。そして、つぎの機会に本屋でその名にぶつかった時、すぐ買ってきて、夜を徹して「ジェイン・エア」を読みおえた。狂人の妻をもつ、異様にたくましく、偏くつな男と、美しくない家庭教師との恋物語は、若い女をぐいぐいひっぱってゆく強烈な力をもっていたが、私は、心のどこかで、この本に、あまり品のよくないところのあるのを感じた。

しかし、この本の魅力のおかげで、私はまた、シャーロットのほかの本も、妹のエミリーの「嵐が丘」も、コリンズやエヴリマンの安い本で見つけた時、買っておいた。といっても、それを読んだわけでなく、つんでおいただけだったが。

「嵐が丘」を、じっさいに手にとったのは、それから、十年後、私が肉親の重病をみとっている時だった。“Wuthering Heights”という字面には、何か“Jane Ayre”にはないものがありそうだった。また、時おり、見かける批評から察しても、それが、おもしろおかしいものではないことは知っていた。それにも拘《かかわ》らず、こちらの気もちの重い時に、えりにえらんで暗いこの本を読みだしたのは、私が、軽々しいもので、気もちをごまかしたくないと思っていたためかもしれない。

とにかく、何時間かの病人のみとりをおえて、ほかの人と交替し、眠るまえの何分かを、私はこの本を読むのに使った。けれども、このくらい、誤った選択はなかった。ある夜、私は、まっ黒い地獄のほら穴の入口に立たされた気がして、この本を放りだした。そして、庭にとびだした。外もまっ暗だった。私は、夢中でそこらを歩きまわって、死の恐怖から逃れようとした。私のまわりには、本の中に描かれている憎悪、死の上に、私の肉親におそいかかろうとする死が二重に迫ってきて、私は、それから、結局は逃れることができないのだという思いで、気がくるいそうだった。

その夜、私が、どうしておちつきをとりもどしたか、おぼえていないが、それからというもの、「嵐が丘」は、私には、手にふれるさえおそろしい本になり、私は、まもなく、その本も、シャーロット・ブロンテの本も一しょに古本屋に売りはらった。その時、あの本を、どのくらいまで読み進んでいたのか、おぼえていない。しかし、登場人物の顔つきや性質が、かなりはっきり頭に焼きついたことを考えると、前半は終えていたように思う。

「嵐が丘」をまた手にとったのは、それから十五年もたってからであった。そのあいだに、前にこの本を読みかけていた時、病んでいた肉親は死に、私は、その死から立ちなおり、また戦争という大事件があった。私自身、だいぶおとなになり――そして、だいぶ感覚的ににぶくなっていたことは事実だろう。私は、まえのような恐怖にはおそわれなかった。

十何年かのあいだ、私は、いつもエミリー・ブロンテという女性を、非常にふしぎな人物に思っていた。女というものは、子どもを育てるようにできているために、その役わりは、なだめ役であり、いたわり役であり、もし、どこかに憎しみがある場合には、その憎しみの切先をとがらすよりも、丸くするほうにあるように思えるのである。イギリス北部の荒野地方の人里はなれた牧師館に育って、はにかみやだったというエミリーが、親子二代にわたる入りくんだ愛情――それも、けっしてものやわらかなものではない――と復讐心を、なぜあのように執拗に追わねばならなかったのか。

ぜひ、もう一度、この本を読んで見ようと、私は思っていた。

十何年ぶりかで、私がこの本からうけた印象は、前の時とは、たいへんちがっていた。

ヨークシャの荒野地方の丘に、二軒の地主の家があって、そのうちの一軒に、どこの者ともわからない孤児が拾われてきて、その家の娘と愛しあい、しかも、その娘は、隣家の地主に嫁ぐということからはじまる愛情の嵐の物語は、二度めに読む私には、たいへんごたごたしていて、両家の系図を紙に書いておかないと、時には、だれがだれかわからなくなるきらいがあった。ということは、小説を読む上に、私の目がこえてきて、登場人物の激情に足をさらわれるまえに、エミリー・ブロンテの小説作法の方にいってしまったためかもしれない。

しかし、そうした欠点をこえて、私は、主人公ヒースクリフと女主人公アーンショーのなかに、だれの心にもある戦いを見た。そして、この物語の語り手である家政婦ネリーのような分別家が、どんなに世の中のすべてを調節させているようでありながら、紛糾させてしまうか。流露するものと、せきとめるもの、そして、嵐はおこって、また、なごみ、そして、また爆発するのを、一つのふしぎな交響楽のように読みおえた。とくに、前には気がつかないで、今度、私を魅了したのは、嵐が丘附近の自然だった。時どき、私は、なかの人物と一しょに、そこにいて、そこの太陽を頭にうけているような気がした。

周囲の人びとをながめるにつけ、また荒野地方の自然の移りかわりに狂喜するにつけ、牧師館の台所でだまってパンの粉をねるエミリーのかたくなな頭に、だまりこくっているだけ、よけいにこのような嵐がまきおこって、彼女はそれをぶちまけずにいられなかったのだと私は思った。

最近、私は、モームの「世界十大小説」のなかで、エミリー・ブロンテは、男でもあったのだという驚くべき解釈にぶつかった。うがちすぎるようにも思えるけれど、これを読んで、私の長年もっていた不審は、半分、氷のとけるように消えた。

日本語

アメリカの子供の本のカタログなどに、よく本の名のあとに、それを読むに適当な年齢がつけてある。たとえば、
ロビン・フッド（九―一二）
スティヴンスン Child's Garden of Verses（六―八）
アンデルセン（九―一二）
トム・ソーヤーの冒険（一〇―一四）
ジェイン・エア（一三―一六）
宝島（一三―一六）
海底二万リーグ（一二―一四）
リトル・ウィメン（一〇―一三）
プライド・アンド・プレジュディス（一三―一六）
というふうに。

もちろん、人間は、ひとりひとりちがうから、これ以外の年齢に興味がないというわけではないのだろうが、アメリカのことだから、子供の心理、ことばのむずかしさ、図書館での借り出しぐあいなど、十分なデータから割りだしたものにちがいない。

ところが、いつも私がおどろき、がっかりするのは、その年齢が、いまの日本の子供にあてはまらないことである。もちろん、外国のお話で、書かれている事柄も知らないことが多いので、むりもないけれど、それればかりではない。日本のことばがむずかしくて、読めないというのが、大きな原因になっている。

大きくなってから、外国語をならうことは、実にもどかしいものである。「それはなんですか？」「それはネズミです。」「ネズミは走りますか？」「ネズミは、たいへん早く走ります。」こういうことを、もうネズミの走ることに驚異を感じなくなった頭で、何度もくり返すことはたまらない。それと大分おなじことを、日本の子供が、いま自国語の本で――（教科書はのぞいて）――感じているのではないだろうかと、私はときどき考える。そう思うと、ジッとしていられないくらい気のどくになる。

おとぎばなしを読む時代に、おもしろいおとぎばなしが読めない。冒険小説のほしいときに、いい冒険小説が読めない。「ハイジ」を中等学校の上級で読んだり、「若草物語」を、社会環境はちがうにしても高等学校へいって読む。

私たちの小さいころは、ルビというものがあったから、おとぎばなしは、やはりおさないころに読んだように思う。私は、いなかの、都会的でない家に育ったけれど、多分、十くらいのときにアンデルセンを読んだときの、あの未知の世界にとけこむようなたのしさは、いまでも忘れることができない。

けれど、いまの子供でも、読めなくても、読んでやればわかるときが多い。しかし、いそがしい日本では、子供に本をよんでやる時間のあるおとなはあまりいない。つまり、いまの子供は、思うように日本語が読めないのだ。

私は戦争が終ってまもなく、「トム・ソーヤー」のホン訳をたのまれた。子供にわかる完訳、制限漢字は厳守という注文をのぞいても、「トム・ソーヤー」は私むきではなく、私は苦しんだ。おそらくこういう訳者にかかり、原著者も本意なく思うであろうと考えると、二度とこういうことはすまいと思ったけれど、何度となく読み返すうち、私は、いつのまにか、トムのとりこになっていた。それで、申訳の半分はたった気がしたけれど、それ以上の大仕事は、この訳を制限漢字にはめこむことだった。そのころ、田畑の仕事に熱中していたので、私は一年半かかって、どうやら下書きを終え、不審な点をしらべにあちこちかけ歩いた。マーク・トウェーンが、何度となく書きなおし、四年かかってこの物語を書いたことにくらべれば、一年半はながくはなかった。

ところが、やっとできあがったころ、進行状態を知らせてやると、その本屋さんは、事業不振のため、その本は出せないと言って来た。その話を聞いた友だちが気のどくがって、また別の本屋さんに話をしてくれた。新しい本屋さんは、辞を低くして、自分の方の家庭文庫に入れたいと言ってくれた。私は喜んだ。ところが、今度は、高学年むき、高等学校生徒の受験準備にも使えるようにという注文だった。やれやれと、私は思った。小学生むきのトム・ソーヤー、中学生むきのトム・ソーヤー、受験生むきのトム・ソーヤー、まるでトムの表情を百面相のようにかえ、やさしい悪たいのかわりに、むずかしい悪たいをつかせようとしているようだった。けれど、幸か不幸か、私はあまりむずかしい日本語は知らなかったし、私の心に生まれていたトムやハックは、大きくも小さくもならなかったので、私は、雪の冬をたのしんで、制限漢字のワクから彼らをゆるめることができた。もっとも、それができあがった時分には、また次の本屋さんが、事業不振をとなえだしたのだけれども。

私が言いたいのは、学者も文学者も科学者も、みんなもっと本気に、あたらしい日本語を、少しはむずかしいこともやさしく言える、たのしく、美しい子供の本の書ける日本語をつくり出すために考え、実行しなくてはいけないということである。

子どもの心　子どもの本

秘密な世界

まえには、トロント市の名児童図書館員として、英米にまでその名を知られ、いまは引退して後輩の指導にあたっているリリアン・スミスさんは、子どもの心について、つぎのようにいっている。

「人はみな、自分だけの世界をもっているものだが、とりわけ幼児の心は、最も秘密な世界である。かれらの思いや空想が、どのような喜ばしい、または悲しい驚きにみちているか、私たちは知ることができないし、かれらは知らせるすべをもたない……私たちおとなが、子どもの心をうかがい知る道は、私たち自身の記憶と想像力と観察にあるように思われる。」

この二十年ほどを、私は、子どもの本を訳したり、書いたり、編集したり、また子どもといっしょに本を読んだりを——時間的にいって、この順序ではじめて——すごしてきた。そして、このごろでは、子どもの心をさぐり歩く暗中模索の道すじで、ふと、スミスさんのこのことばのそばに立ちどまり、つくづくその真実さにうたれないわけにいかない。

じつをいうと、エネルギーのとぼしい私は、訳したり、書いたりだけでも精いっぱいなのであった。それが、ある時期に、ある事情から、編集という仕事をこの身にひきうけなければならなくなった。これは、数年間、私を酷使した苦しい仕事になったが、私は、いま、この経験をありがたかったと思っている。子どもを新しい目で見ることを学んだからである。

ただ書いてだけいた時は、自分の胸の中にあるものを、こちらの能力のかぎりで紙の上に書き移せば足りる――それを好くか、好かないかは、読者の自由である――という気もちだった。そういう覚悟の時は、ふしぎに読者は、(自分をのぞけば)はるかかなたの、日本のどこかにいる、いわば、抽象的な存在である。

ところが、本をつくる立場になると、私はできるだけ、いい本のつもりでつくりました、あとは営業部が売ってくださいというわけにはいかない。読者は、そこらじゅうでけんかしたり、本屋さんで立読みしたりしている、なまの子どもとして迫ってきた。

その三、四歳から十二歳までの、さまざまな段階にある子どもたちは、どんなふうに外の世界を見、どんなことを大事件と見、また、その大事件がどんなふうに語られていれば、かれらの心にすっとはいっていくのか。

気がついてみると、私は、こういうことを何もはっきり知っていなかった。しかし、子どもの内面を知らないで、どうして子どもの本をつくることができるのだろう。どうして、一つの原稿を読んだ時、これは子どもにおもしろい——またはおもしろくない——と、手ごたえをもって知ることができるのだろう。

幸か不幸か、日本の子どもの本を出す場合、出版社の経営者や、編集者が、それほど自覚しないで歩いている安全なぬけ道があるのである。それは、外国の「名作」を翻訳して出してゆくことだった。「名作」というものは、みな、長い時の試練をくぐってきたものであって、その本の背後には、かつてこれを読んで、これはおもしろいよと保証してくれている子どもがついている。

また、それほど古い「名作」でなくても、このごろ流行しはじめたように、外国でわりあい新しく出版されたものを「本邦初訳」と銘うって売りだす場合でも、その本は、すでに外国の編集者の評価の目によって選択され、図書館員の選択を経て、子どもの手にわたされたものである。日本の編集者は、その本のテーマが作者の心に生れ、一冊の本になるまでの苦心をほとんど知らないでも、本をつくって月給をもらうことができる。

このように、自力で子どもの心への洞察、子どもの物語にたいする評価の目を養ってこなかった編集者が途方にくれるのは、日本人が日本語で書いた原稿を手にとる時である。かれらは、子どもの代弁者として、これはおもしろい、ここはおもしろくないとはっきりいうことができない。

私も、はたとこまった編集者のひとりだった。

記憶とよばれるもの

それにしても、子どもというものは、ふしぎなものである。子どもは、昨日も今日も、おとなの前にいた。そして、それは、人類はじまって以来、おなじことだったのに、このながい間、私たちは、子どもの心をつきとめないできてしまった。

しかし、それは、私たちおとなに悪意あってのことではない。それどころか、とくに日本のおとなは、子どものことになると熱心で、自分を忘れて子どもにつくす。けれども、一歩さがって考えてみると、このあまりの善意が、かえって仇《あだ》をなすわけで、おとなは、子どもをつきはなして、ありのままに見ることができない。自分にひきつけて考え、自分の子ども時代に徴《ちょう》して、目の前の子どもを判断する。

それもむりもないところがある、と私が思うわけは、スミスさんもいうように、子どもは、自分の内面の秘密をひとに語るすべをもっていないのだし、私たちが一ばんよく知っている子どもは、なんといっても、子ども時代の自分だし、それにもうひとつ、子ども時代のある瞬間は、じつに驚くほどはっきり、私たちの頭に焼きついているのである。

私も、私の幼時について、かなりはっきりした記憶をもっている。一ばん古い記憶は、たぶん二歳未満のものである。（母が死に、姉もよくおぼえていないので、この時日は、これ以上はっきりさせることができないが）

その時、私に弟が生れ、私は、サルのようなものを抱いて、寝床の上におきあがっている母をながめて、泣叫んでいた。

ところが、私の記憶を信ずれば、その時、私の寝床のすそに立っていた、身長七、八十センチの私の頭には、いまの私とたいしてかわらない分別があったのである。そして、私はそれを、ながいこと、ふかくも考えずに疑わずにいた。

子どものことというと、すぐ立ちどまって考えるくせがついてから、私は、それをおかしいと思いだした。二歳未満の私が、母や、そのとき私をなぐさめてくれた姉にたいして、いまとおなじ気もちをもっていたということがあるだろうか。

私の頭の中には、強烈なショックをうけた瞬間、その時の情景が、写真のように焼きついてしまったにはちがいない。が、その写真の母や姉のすがたの上には、その後、日夜ずっとつづいた、かれらとの関係から生れたものが、音もなくつみ重なって、いま、私が記憶と考えているものになっているのではないだろうか。

では、記憶の中の弟の部分はどうだろう。弟は、私にショックをあたえてから、二、三日で死んだらしい。何しろ、名前もつけられず、私たちきょうだいのあいだでは、のちに「名なしの権兵衛」としてのみ伝えられることになったのだから。

私は、弟を見た時、まだサルを見たことがなかったのは、たしかだと思う。しかし、その後、サルを見た時、その印象は、また音もなく、あの時の弟（いまだから、弟だが、そのころは、しいていえば「あの異様なもの」だったろう）の上に重なった。その証拠には、私は、かれを「サルのような」としてしか思いださない。

弟とは、それ以後の交渉がないから、かれは、記憶の中でそれ以上高等な情緒をよびおこすものには進化しなかった。

こうして、私は、私の一ばん古い記憶について思いめぐらすうち、ひとりの人間にとって、記憶というものは、だいじなものであるけれど、それで、外の子どもを判断するようなものではない、と考えるようになった。

記憶は、瞬間的にとられた写真というよりも、厚い部分や、うすい部分が複雑にいりまじった絵か、浮彫りのようなものではないだろうか。そして、厚い部分に、私たちが無意識のうちにふりつもらせた情緒は、もう私たちの手でとり去ることができない。

私の心の中をかきまわしているだけでは、子どもはわからないと気がついて、私は、へとへとになるのを覚悟で、小さい子ども図書室を私の家につくったのであった。私は、ここにくる子どもを見ることから、どのくらい学んだかわからない。

幼児の好奇心

先日、私の家へ、一歳八カ月の女の子が母親につれられてやってきた。その子を出むかえたのが、体がオオカミよりも大きく、口は耳から耳までさけている犬だった。

女の子は、あわてふためき、泣声あげて、

「わんわん、バイバイ！」とさけんだ。

人間のおとななら、幼い子にそんなにおそれられ、そんな愛想づかしのことばをなげつけられれば、遠ざかっていったろう。また、その子も、いままでの人間との交渉から、相手がそうしてくれるものと思ったのだろう。ところが、犬は、あいかわらず大口あけて、そばに立っていた。

子どもは、「マンマ、マンマ」とわめいて、母親にだきつき、そのひざで顔をかくし（おそらくは、犬が見えないように）、母親に抱きあげられると、やっと人心地ついたようにこわごわ犬を見おろしていたが、やがて、そのうち、私たちのまねをして、「デック、デック」と片言で、犬の名を口の中でつぶやくようになった。

私は、「こわくないよ」というしるしに、その犬にまたがって、「ヒンヒン」と馬にのるようなまねをしてみせた。

その翌日、その子は、忘れ物の本をとりに来た母親といっしょに、またやってきて、また犬にぶつかった。

その子は、いそいで家ににげこみ、本をさがしている母親に、「だっこ、だっこ」とうるさくせがんだ。母親が抱きあげると、今度は、「オバ（私）」は、外へ出ろという身ぶりをする。どういうわけかと思ったら、「オバ」は「デック」に「ヒンヒン」をしろというのである。

つまり、その子は、その子の頭で考えられるかぎりの安全な根拠地にたてこもって、おそろしいけれども、興味シンシンの「デック」を観察しようというのである。

こういう、ほんのちょっとしたできごとが、私には、このごろ、たいへんおもしろく思われる。

その子は、おそらく、私に弟が生れたころの私と、おなじ年齢である。その子にとって、いま、世の中は、母親は、犬はどう見えるのだろうか。

大きい口、長い胴、ふとい声の持主「デック」は、その子にはおそるべき生き物にちがいない。その子にとって、テレビで見る宇宙ロケットは、何ものでもないが、「デック」は力の代表者である。それにとびかかられたら、この世の終りである。（もちろん、その子は、こんなことばでは考えないが。）

けれども、世の中のすべてのおそろしいものが、たばになってかかってきても、それを防ぎうる楯《たて》を、その子はもっている。それは、「マンマ」、母親である。

では、「マンマ」は、その子にどう見えるのだろう。その子は、いま、私の記憶の中の二歳未満の私のように、母親を認識しているはずがない。その子には、「マンマ」は、生れて以来（このことばだって、私がおとな語でする翻訳であって、こんなことを、その子が知るはずがないが）そばにある、抱いてくれる腕、乳房、話しかけてくれる声、そんなものが一体になったものだろう。

「マンマ、いない」で、その子にとって、これ以上ない大きな悲劇が成立する。それ以上、何も、つけ加える必要はない。かなしいということばも、さびしいということばもつけ加える必要はない。（でも、私たちおとなは、ついつけ加えたほうが、子どもにわかると思いちがえるのだが。）

そして、この子を見ていて、私がおどろいたのは、その子は、つぎの日、前の日のその子ではなかったことである。

前の日、犬を見て、あわてふためいたその子は、つぎの日、「デック」にどう対処すべきかを知っていた。まわりのおとなをさっさと動かし、安心できるところに退いて、犬への好奇心を満足させた。帰るまえには、犬にさわることにもなった。

子どもは、このくらいの速度で、学び、前進する。だから、子どもの環境は、それぞれの段階で、子どもに力づよく訴えかけながら、つぎの段階に進むことを、妨げないようなものでなければならないのではないかと、私は考える。

新しいおとな

さて、この数年の、自分の子ども時代の記憶のせんさくや、身辺の子どもについての観察は、子どもが感覚的であり、即物的であるということを、私に教えてくれた。そして、三歳の子は三歳の目で物を見、五歳の子は五歳の目で物を見、それからのそれぞれの年齢でも、年相応のちがった能力を発揮しながら、物を学び、年をとり、経験をつみ、記憶もたまるにしたがって、子どもは、だんだん即物的でなくなり、おとなに近づいていく。

ところで、私は、子どもの心の研究家ではないので、子どもの心というものは、大体こういう働きをするものだろうと考えて、それで終りにすることはできなかった。私は、子どもの本を書くとか、つくるとかをしたいと思っていた。

いったい、子どもではないおとなが、子どもの心にびんびんひびくようなお話を書くことができるのだろうか。

けれども、子どもはいま現在子どもで、子どもの心をもっているけれども、もやもやしているだけで、自分で自分の心を書きあらわすことができないとすれば、いまは子どもでないおとなが書くよりしかたがないのである。

そして、日本には少ないけれども、諸外国には、それをなしとげたおとなが、かなりたくさんあった。それは、前にも書いた日本にはんらんする「名作」の例でもはっきりしている。

そしてまた、私には、うすうす想像がついてきたような気がするのだけれど、子どものための物語というのは、こんなふうにして生れてくるのではないだろうか。

その作者は、子ども時代の記憶を、かなりはっきり、たくさん持っている。そして、おとなになり、おとなとしての人生も経験し、文学も味わい、子どもを子どもとして尊重することも知った。

ある時、その人は、子ども時代に通ったことのある裏町を、何年ぶりかで通りかかった。その時、突然、少年、または少女としてそこを通った日のことが、においさえそのまま、目の前に再現した。

その人は、十歳の日で、その裏町をもう一度見た。十歳の時、その道が、どんなに広く見えたか、おとなが、どんなに大きく見えたか、そして、どんなにしぶく、暗い顔をしてそこを通っていたか。さまざまなことが、生き生きと、まざまざとよみがえってきて、その人をおしつつんだ。

その人は、しばらくぼう然としていてから、また、おとなにかえって、自分もしぶい顔をして、そこを立去る。

けれども、その人はおとなで、いうべきものをもっていたから、その人の心の中には、その裏町を舞台にした物語が、しずかに形づくられはじめる。子どもの目で、おとなの技倆《ぎりょう》で、その人は、それを書きはじめる。

私は、子どものためのよい話が生れるには、こんな経路がとられるのではないかと想像する。それは、おとなとしては、もう一つ、自分の心の底に埋もれていた感覚を呼びおこし、もう一つの世界にはいりこむこと。でも、それは、そうそうたやすく、できることではない。

それなのに、私のところには、あちこちの出版社や雑誌社から、「十五日までに、三歳むけの童話を、原稿用紙四枚で」とか、「何々という子どもの本の批評を、一週間内に二枚で」とかいう手紙が、たくさんくるのである。

子どもの本の批評は、時をかけて——子どもは、まえにも書いたように、はっきりしたことばで説明してくれないのだから——大ぜいの子どものうけとり方に徴してから、する必要があると、私は考える。本ができて一年たってから、その本のできをいっても、けっして早くはないのではないだろうか。

また、子どものためのお話は、それこそ、年をかけて、生れてくるのを待たなければならない。そして、とうとう生れてこなくても、それはしかたがないことなのだろう。生める人が、生める時に、生まなければならない。

でも、何かこのごろ、私は、日本にも、子どもの話がふきこぼれるように出てきそうな気がしてしかたがない。子どもといっしょに笑い、子どもといっしょに胸をうずうずさせることのできるおとなが、身辺にだんだんふえてきているような気がするから。

おしらせ

子どもの心にエンジンのかかるとき

八人いたきょうだいが、去年で私ひとりになったとたん、かれらと共に暮らした幼いときのことが、びっくりするほどはっきり、なまなましく立ちかえってきた。

私が育ったのは、東京近くの小さい町の町はずれで、一ばん下の子は早く死んだので、物心ついたとき、私は末っ子であった。

小学校にはいるまえの私の思い出は、昼間は、いく人かの子どもたちと連れだって、原っぱや林のなかをかけまわり、夜は、祖父やその他の年上の者と車座（私は、たいてい、祖父のひざの上であった。）をつくって話を聞いたり、きょうだい総出の芝居をしたりというようなことでいっぱいである。

学校にあがるまで、私は、自分の名前のほか、文字を知らなかった。一年生になっても、なかなか字がおぼえられなかった。それまで、さんざん耳で聞いておぼえていた諸々の事物の名を「ア」だの、「カ」だのに分解できなかったのだろう。私は、遠い道を友だちと学校へゆきながら、店々の看板を、かなり長い間、読めるふりをして通した。店の名まえは、そらでおぼえていたから、不自由はなかった。親は、そんな私の苦労はつゆ知らず、気にもしなかった。先生がどう思ったか、私は考えたこともない。

しかし、いつのまにか、文字というものをのみこんでしまうと、私は、もう、字でいっぱいの本を読んでいた。「石井さん、ずいぶん読むんだね。」と、びっくりしていったのは、二年の担任の女の先生である。めずらしいことに、五十年まえ、その学校には、学級文庫があった。けれど、ただ「あった」だけで、いまのように、「さあ、読め、それ、読め」式ではなく、先生に話して、借り出してくるだけであった。だから、先生の右のことばも、事実をのべただけで、ほめことばではなかった。私は小波《さざなみ》の世界のお伽噺などにうつつをぬかした。

おとなになったいま、考えると、外のものをうけとること、理解すること、それにこたえることについて、私の心のエンジンは、祖父のひざの上で動きはじめたという気がする。

語り手マーシャ・ブラウン

いまからもう二十何年かまえ、ニューヨーク市立図書館の児童部のひとが、一年に一度この図書館で催す「お話大会」について知らせてくれたことがある。

彼女の手紙によれば、「大会」の当日、ニューヨーク市の児童図書館員は、朝早く、大きなフェリーでマンハッタン島からは目と鼻の先にあるスタテン島に渡り、そこの分館に集まる。はじめに七、八人の新入図書館員のお話があり、最後にベテランの語り手が一人話す。しかし、それが誰であるかは、最後まで秘密にされるのだという。その楽しげな雰囲気が、日本で戦後を送っていた私には、遠いおとぎの国の話のように思われた。

ところが、それから十年後、私は、はからずもその催しに参加することができ、まえの手紙にあったことは、みな本当だと知った。フェリーのなかは、八十歳近い、ニューヨーク児童室の生みの親、モアさんを囲む館員たちで、小学校の遠足のよう。私を誘ってくれたのは、まえには図書館員で、そのころは絵本作家になっていたマーシャ・ブラウンだった、さて、スタテン島の分館で、新人たちの話が終わり、待ちかまえる聴衆のまえに出てきたのが、マーシャ・ブラウンだったとき、私はどんなに驚いたか。まるで自分が話をするように、私の胸はドキドキ鳴った。しかし、そんな心配は無用で、彼女はすばらしい語り手だった。話は、すでに彼女が絵本にしているアンデルセンの「すずの兵隊」で、その話は、もう彼女のなかにはいっていた。美しい踊子をいちずに愛するすずの兵隊が、紙のボートで下水の激流をつっぱしりながら、ドブネズミに「通行証を見せろ！」とどなられるところでは、その悲しさとおかしさに、思わずぱらぱらと涙をこぼしてしまった。話の終りごろ、見た目には余裕しゃくしゃくのマーシャの手が、ぶるぶるふるえるのを見たとき、彼女がその話の中にどのくらいのものを打ちこんでいるかを知らされ、胸をうたれたのを忘れることができない。

生きているということ

最近、私は、ちょっと目のさめるような経験をした。

家を改築して引越しをしたのだが、荷物をあげおろしするのに、運送屋さんは決して物をあたりにぶっつけない。それが素人となると、小さな椅子一つでも、ガタン、ピシャンと周囲の物と衝突させ、たちまち、新しい柱の角に鋭いへこみをつけた。

現場をまわっていた大工さんが、いち早くそれを見つけて、自分のタオルを裂こうとしているのに、私は気づいた。どうするのかと聞くと、傷の手当てをするのだという。私が、代りに家のタオルを切って渡すと、大工さんはそれに水をふくませ、へこみに当てがい、その上を何重ものセロテープでとめた。

それから毎日、私はその傷口をのぞいては、少しずつ水を注ぎ、またふさいでおいた、傷口はもりあがり、一週間後には、角のへこみの鋭い線は、ほとんど消えるまでになった。

ところが、まもなく、私がおなじ失敗をやってのけた。東京子ども図書館のバザーで求めた山脇百合子さんの絵を入れた額を、位置をきめるため、ひももつけずに板壁の釘にぶらさげておいたのである、隣りの部屋で仕事をしていた建具屋さんが壁をたたいた拍子に、額はおっこちて椅子にぶつかり、額のふちが、大きくぽこんとへこんだ。

私がすぐに、そこへぬれた布をあてるのを見ていた友人が、何をするのだと聞いた。私は柱の傷の事件を話した。すると、彼女は「木って生きてるんですね！」と、感動した面もちでいった。私の感じていたのも、まったくおなじことだった。額は二日でもとどおりになった。

生きているものは反応する。生きているものは再び動きだす。これがプラスチックや新建材だったら、どうだろう。この頃、とても子どもが無感動になったようで不安だった私は、この木の柱の教訓からふしぎなくらい大きな慰めを得た。子どもをプラスチックにしてはならない、と、私は日に何度も心にくり返す。

こどもとしょかん巻頭随筆

未知の友だちとの交信

知らない友だちという言い方はおかしいけれど、私たち、本を書いたり、訳したりしている者には、日本じゅうのあちこちに、そういう知己《ちき》が散らばっている。互いに会ったことはなくとも、私たちの差し出すものをうけとってくれ、何らかの関心を私たちにもってくれているひとたちである。

こういう知己のなかには、手紙をくれるひともいる。申しわけないけれど、その殆んどの方に私は返事を出さない。時間がないのが第一の原因だが、どう返事をしたらいいのか、わからない場合もなかなか多い。たとえば、児童文学についていろいろ述べたすえ、「イギリスの作家のなかに研究するに足る人物がいるか？　いたら、知らせてくれ。」というようなのがある。

ところが、先日、私は、じつによくわかる手紙を一通うけとった。二枚使った便箋の前半では、自分の年齢（十五歳）から、私の本を読んでくれていることから、小学上級のころ、イギリスで暮らしたことから、いまも持ち帰った本を愛読し、なかには、訳してみたいものもあるというようなことまで、一読、そのひとの事情が、はっきりのみこめるように書いてあった。それにつづく質問は箇条書きで、いくつかを挙げると、つぎのようなものだった。

十五歳でも、出版社に投稿（！）できるものだろうか。投稿するときは、原稿用紙に書くのだろうか。私（石井）は、最初の本を出すまでに、何度くらい投稿したか。「うまくいって」、本になった場合、収入はどのくらいのものだろうか、等々。そして最後に、「おっくうなことと思いますが、御返事をお願いいたします。」とつけ加えてあった。

この手紙に返事を出すことは、私にはちっともおっくうではなかった。読んでいくうちに、私はたのしくさえなったし、質問はみな私が具体的に答えられることばかりだった。この達意の手紙を書いた少女に、私は敬意に似た気持をもって返事を書いた。

あふれ出る本

私は、物を書くのも、本を読むのも、じつにのろい。どんなに短い文を書くときでも、数日間、頭のなかをきりきり舞いさせたあげく、うんうん言って書くのである。本を読むのもおなじ調子で、最初の文章を、一字一字、かむようにして読んでいって、納得できると先に進む。しかし、二番めの文章で、はたと立ちどまってしまうことがある。むずかしくてとまることもあるが、一番めの文章がああなら、二番めがこうなるはずがないと考えて、つかえてしまう場合もある。むずかしさは、考えればわかることだから、やがて、また先に進むが、納得できない場合は、？をつけたり、三番めを読んでみて、「何だ、ここは、こう書けばいいんだ。」と、ひとの文章を鉛筆でなおしてみることもある。

こんな読み方で、何で本がおもしろかろうと思われるかもしれないが、それが、我ながらふしぎで、まるで牛が二つの胃で反すうしながら栄養をとっていくように、私は十分に満足し、私はこうして、別れられない本を発見してきたのである。

正直にいって、一気に本を読みおえたというようなことは、私の場合、二十代で終わった。あとは、こののろいテンポに移ってしまったのである。だから、私は、一年に何冊の本も読みこなすことができない。その上、昔なじみの本をくり返し読むのがすきとなると、いまの日本は、私にとっては、本の出すぎるこまった時代ということになる。

私は、本を読むことは、友だちづきあいとよく似ていると思う。私は、大勢の友だちを必要としない。若くて死んだ仲よしの友だちは、いまもそばにいてくれるような気がするし、一しょに年とった友だちとは、会うごとに、いよいよこくのある、おもしろい話ができるようになった。

本を訳したり、書いたりして生活をたて、子どもに本を読みなさいとすすめることを仕事にしている私は、今日のあふれ出てくる本の流れを前に、己れをかえりみて、立ちすくむ思いのすることがある。

瀬田貞二さんを悼む

私たちの親しい友だち、そして、東京子ども図書館の理事でもある瀬田貞二さんが亡くなられた。

瀬田さんが最初の胃潰瘍でたおれられたのは、もう十何年かまえのことである。瀬田さんが吐血された、との知らせで、驚愕し、福音館の松居直《ただし》さんと二人で、大宮の日赤病院にかけつけた日曜の朝のことを、きのうのように思いだす。ほんの数分の面会だったけれど、お医者は、単純な胃潰瘍なので、手術なしでなおそうという診断だということだった。瀬田さんはベッドの上で、はずかしそうに笑っていた。私たちは胸をなでおろして、帰ってきた。

そのころ、私たちは、友だち六人が集まって、毎月一回、子どもの本の勉強会をやっていた。先入主なしに、新しい目でそれまでの子どもの本を読んで、意見を言いあう会であった。誰ひとり、自分のためにする者はなく、誰が欠けてもこまるというような集まりだった。そこへ瀬田さんの病気であったから、私たちは支えが一本なくなったような衝撃をうけたのである。

しかし、そのとき、瀬田さんはとても早く、元気になられた。けれども、私たちの会が、その後だんだん間遠になったのは、互いに年をとり、また皆が忙しくなりすぎたからである。（私たちの会は一応のしめくくりをつけ、形を変えて「東京子ども図書館」にうけつがれた。）

この忙しすぎるということが、私には、いまの日本の深刻な病気に思われる。私たちは、世の中の歯車にまきこまれて、本当にしたい仕事ができなくなるのである。最近、瀬田さんが疲れやすくなり、その原因が十何年か前の輸血による肝炎と知ったときから、私は殆んど瀬田さんをお訪ねしなくなった。瀬田さんには、ひとに会っている間に、瀬田さんでなければできない、日本の古い子どもの本の研究、「落穂ひろい」の完成をいそいでいただきたかったからである。

しかし、病気の悪化は瀬田さんを待たなかった。「落穂ひろい」を未完のままにして、瀬田さんは逝かれた。それが私には、悔んでも悔みきれない。

本をつくる人

アメリカの絵本作家、マーシャ・ブラウンが中国旅行の帰路、東京にたちよった。

しかし日本につくなり、ヘルペスという病気にとりつかれ、彼女にとっては気のどくな旅になった。けれど、四年ぶりの再会は、大きすぎるほどの跡を私の心に残してくれた。

初めて彼女に会ったのは、一九五四年。きれいな絵本「シンデレラ」が出たところであった。その後、さまざまな試みをしてきた彼女から、今度私は、「目をあけて歩きましょう」という題の写真の絵本を贈られて、その本の深さに打たれた。二十五年で、彼女はここまで来たかと考えた。写真は彼女のとった何万枚の中から選ばれ、一見、つながりがなさそうでいて、短い文がそれをつなぎ、「心を外に開きなさい、開きなさい」と、子どもによびかけている。

彼女はいま、前に子どもの本の編集者だったジャネットという友人と住んでいる。

「ジャネットと住めて、ありがたいと思っているの。彼女はエディターなのよ。××社の○○さんなどは、エディットできない」

こう、マーシャ・ブラウンは、彼女がどうしてもほしかった尺八をさがして銀座を歩いた夕方、サンドイッチをつまみながら、私にいった。

「いったい、編集って、何をすることなの？」と、私は聞かずにいられなかった。

彼女のことばを抽象的にまとめれば、

「著者は自分の作品に近すぎる。編集者は、それを第三者の目で見て、著者に力があれば、それを見ぬき、引きだし、また、方向をさし示すこともある」というのである。とすれば、編集者は、宝の発掘者であり、しかも、その名は、本の上には現われない。何という誇らしい仕事だろう。

マーシャ・ブラウンが病気でなかったら、ぜひとも、日本の子どもの本の「編集者」と話してもらいたかった！

ことばから叫びへ？

近ごろ、平日の九時十五分になると、私ひとりの部屋で、きみょうな競争がおこなわれるようになってしまった。

私は体質のせいか、まともに頭の働くのが一日のうちの前半である。そのため、去年ごろまでは、九時には机に向かえるよう努力してきた。ところが、最近、神経痛ぎみで、ようようの思いで起きだすのが八時近く。それから、身支度、食事、片づけと、懸命に動いて時間をとり戻そうとする。九時近くなると、用心のため、NHKのラジオをかける。天気予報、ニュース、「時の話題」ときいて、九時十五分には、何をしていてもパチッとラジオを切る。

というのは、「時の話題」が終わると、次の番組に移る合図のためか、「ウヮーオー、ウヮーオー！」という異様な叫びがきこえてくるからである。最初にあれをきいたときは、ぎょっとした。それからは、あれが始まるか、私が先にラジオを切るかの競争になった。

しかし、少しするうち、私は自分があの声をこんなに目（耳？）の敵にするのは、私の偏見かもしれないと考えだした。あのあとに何か意味あることがついているのかもしれない。そこで、いつもラジオをさげて歩いてきいている友人に、電話でたずねてみた。すると、彼女も、「ああ、あれ。私もきらいで、あれが始まると切るから、先はわからない。」と答えた。

NHKは、静かな話のあと、何の目的であのような叫びをはさむのだろう。

私の手もとに、ぼろぼろに読み古した「地球と人類が生れるまで」（一九五一年発行、日本評論社刊、朝比奈貞一、丘英通監修）という、子ども向けの本がある。私はこれを読むたびに、その全編にあふれる複数の編者たちの子どもにたいする誠実さに打たれる。この本によると、人類は五〇万年まえごろ、身ぶり、手ぶり、音声から脱却し、かんたんなことばを創りだし、ことばで互いの意志を伝えあうようになったのだという。私は、このところを読むごとに、ありがたくなり、涙が出てくる。

しかし、いまはまた、ことばから叫びへの時代になってきたのだろうか。

待合室

「こどもとしょかん」の5号に、私は、大昔、人間が生みだしたといわれる「ことば」のことを書いた。ことばは、その後、何十万年も人間とともに生き、変化し、現在では、まことにさまざまな様相を示している。しかし、私が、いまここで書きたいのは、どのくらい、ことば（身ぶりもまじえて）が、生きてやりとりされているかということである。

このごろ、私は十日ごとにお医者にいく。医院には待合室がある。そこへはいっていくとき、先客があれば、私は必ず頭をさげてあいさつする。「今日は」のつもりである。そのとき、おもしろいのは、私を全然無視する人がかなり多く、そのほとんどが若者、幼い子をつれた母親、「一家の長」といっただんな方であることである。

私は、そのひとたちの態度のよしあしをいっているのではなく、事実をのべているだけである。にもかかわらず、私を空気同様に見るとき、その人たちの頭の中はどう働いているのか、いないのかについて、私は興味をもたないわけにいかない。

ところが、先日、待合室に劇画を見ている若者、子どもづれの母親二人、初老の御婦人と私がいたとき、四十ほどの、さっぱりした身なりの男性がはいってきた。彼はドアをあけると、「おはようございます」とはっきりいって、頭をさげた。すると、部屋じゅうにいたおとな（劇画を見ていた若者もまじえて）は、そろってさっと彼に礼を返した。

男の人は私の隣りにかけ、それきり口をきかずに、手提げから出した厚い本を読みはじめた。私の番がきて、「ごめんください」と、その人の前を通ろうとすると、「どうぞ」と、ひざをひっこめてくれた。

その日以来、私は何度その人のことを思いだしたかわからない。そうしているうち、その人は、昔話から出てきて、私の隣りにかけたのだとさえ思えてきた。その人は、私に「ことばを信じよ」というために、あの待合室にあらわれたのではないだろうか。

触れあい

いつも身辺の雑事ばかり書くことになって、気がひけるのだが――

ここ二年ばかりいじくりまわしていた、私自身の幼時についての思い出を、ともかくまとめて、出版社に渡した。記憶の層の底にある遠い昔のことを掘りおこす作業は、私には思いのほか苦しかった。向こうから、ひょいと意識の表面にとびだしてくれるときは苦労はないのだが、その一つの事件から、芋づる式につながって出てくることをたどる場合、ときには、自分の身をかきむしる感じがした。

書き終えて、父と三番めの姉のことがたいへん少ないと、編集のひとにいわれた。事実、父とその姉のことはほとんどおぼえていなかったのである。いってみれば、五、六歳までの私には、二人は、いないのと大差なかった。四歳八カ月のときに死んだ祖父は、その体臭から姿形、声までおぼえているというのに。

ただ一つ、父について、そこだけくりぬいた窓のように、はっきり見えてきた記憶がある。ある朝、私は父におぶわれていた。父は私をあやすためにおぶったのではなかった。私の家では、祖父が金物屋を営み、父は銀行に勤めていた。父が、ほかのときに店を手つだったことなど、私はおぼえていない。しかし、その朝、父は私を、自分のシャツと着物のあいだにおしこんで、広い店へ金物を並べるために、走るように動きまわった。強引に想像すれば、それは私に弟が生まれて――その子はすぐ死んだが――家に人手がたりなかったときかもしれない。そうとすれば、私は二歳ほどだった。

そのときの父の背のあたたかさ、天井からさがった鈎《かぎ》に鉄びんをかける父のしぐさ。私は自分では知らずに、その朝の十分か二十分かを全身、全感覚でうけとめていたのである。

幼い子どもが、どんなに他の人間との触れあいで心を開くか、その証拠を、二歳の自分につきつけられた気がして、私はちょっとぎょっとなった。

子どもの一年

年をとると、ごく幼いころの記憶の断片が、ひょいひょいと心に浮かび、それといっしょに、そのできごとの周辺をふりかえり、いわば老人の目でいろいろ思いめぐらすはめになることが度々である。

一つの例をあげると、私が満四歳のとき、二歳年上の姉が小学に入学するという、私にとっての大事件がおこった。姉は、もう朝から家の内外をぶらぶら遊び歩く風来坊ではなく、目的をもつえらい人になったのだと、私は思った。

そのころ、私は、「来年」と「さ来年」の区別を、心ではわかっていた。しかし、口がまわらないため、両方の年をひっくるめて、「来年」とよんでいた。そして、「来年は私も学校へいく」と、ひとにも言っていたらしい。

ところが、ある日、ひとりの大人からそのまちがいを指摘された。そのときの私の無念の思い！　なぜなら、私は、ちゃんと「さ来年」を意味していたのだから。なぜその大人は、それがわからないのかと、私は思った。

それにしても、生まれてから四回しか、春夏秋冬を経験してこなかった幼い私が、時間をどのように把握していたのだろうかというのが、いま私の考える問題である。花、若葉、夏の日照り、秋の落ち葉、そして雪という具象的な四季のくり返しから、四歳の私は、過ちをおかしながら、抽象の世界の入口にふみこもうとしていたのではなかったか。幼児の一年こそ、じつに爆発的な成長の時間なのだなあ、と、私は、いま、まわりの子どもたちの顔を見てしまう。

子どもの本のあいだでさまよう

ここで、「子どもの本」という場合、私はこの「子ども」を、大体十二歳以下に限って考えているということを、まずお断りしておきたい。

ドイツの生物学者のヘッケルというひとが、「人間は生まれたときはサル以下、幼児でサルくらい、学校にはいるようになって未開人」といったということを聞き、大いに驚いたのは、かなり昔のことである。それ以来、私は、幼い子どもと話していて、ふとその子の頭の中には、いま爆発的な変革、進行がおこなわれているのだと気づくと、畏怖の念に打たれることが度々ある。言葉を理解しはじめたころの子どもと、大人の世界の入り口に立っている思春期の少年少女のための文学を、ひっくるめて「児童文学」とよぶことに、私は賛成できない。

いま私が「児童文学」と考えているもののなかで、私が特に興味をもつのは、十歳以下の子どものための文学である。なぜといって、そのころの子どもの心は、まだ大人にとって謎である部分が多いからである。子どもは二歳、三歳、四歳でも、その年なりに全身的に喜び、驚き、怒り、悲しむことができる。しかし、なぜ自分たちがそのように喜び、悲しむかを、自分から、自分の言葉で他人に知らせることができない。子どもたちの心は、大きな部分、大人にとっては密室である。

最近聞いたことであるけれども、このごろの認知心理学という学問の言うところでは、人間の記憶の能力は、五、六歳で完成するものだとか。そして、人間は、自分が三、四歳までに経験したことを忘れて、次の段階に進み、大人に成長していくのだという話。そして、そのように忘れることを、「幼児健忘症」というのだということである。(私は、この話を友人から聞いたとき、あまりおもしろくて、聞きほれてすごしてしまったので、いま文字にしようとして、「幼児健忘症」という漢字が正しいのかどうかわからない。)とにかく、幼い子は、日々、真剣にぶつかってきた出来事を忘れて大きくなるというのだが、そうとすれば、そのころの子どもの心の動きを知る手がかりは、なおむずかしくなるというものではないだろうか。経験した当人が忘れてしまうのだから。

ところで、児童文学で一ばんむずかしいところは、それを聞いたり、読んだりするのが子どもで、書き手が大人であるということである。大人はどのようにして、この謎のような心の持ち主にむかって語りかけたらいいのだろう。

私は、ほんとうに子どもの本を書いたり、訳したりしようという志をたてて、人生をはじめた人間ではない。ただ、偶然、子どもの出てくる話を大人の友人たちのために書き、また、好きでひとに語らなければいられなかったイギリスの児童文学を訳したために、いつの間にか世の中で、子どもの本を書く人間として認めてくださったようである。しかし、私が意識的に、児童文学とは何かを考えはじめたのは、戦後、子どもの本の編集者としての役割をあたえられてからのことであった。

このとき、私の道しるべのようになってくれたのは、これも古い話だが、四十年近くまえ、一年の時をかけて、アメリカやイギリスの公共図書館の児童室をまわってきた経験である。そうした児童室には、児童書専門の司書がいた。司書はほとんど女性だったが、二十年、三十年と腰をすえて、子どもと本につきあっている人たちの多いのには驚いた。

彼女たちは理屈でなく、経験から学んだことを、私に見せてくれた。例えば、その書棚に並んでいる本である。幼児のためのものから、『宝島』のような長篇まで。そして、詩からノンフィクションまで。その本たちは、司書たちだけの目で選ばれたものではない。長い時間をかけて、子どもたちが選んで積みあげた蔵書であった。もちろん、毎年出る、新刊書の中からも、新しいものは入ってくるけれども、それらも、古いものがあっさり代替りしてしまうことはない。なぜなら、去年七歳の子どもは、今年は八歳になるけれど、また今年も新しく七歳になる子が大勢やってくるからである。そして、そのようにしてやってくる七歳の子が、十年間つづけて読み継ぐ本があれば、それは七歳児の古典として、司書は、だいじにとっておくのである。

私は、そのような書棚の前にたったとき、子どもはうまく心の中の秘密を言葉にあらわしていえなくとも、くる年もくる年も、ある本をぼろぼろにすることによって、七つの時にぼくは、この本が好きだったと示してくれていると思った。

この書棚に並んだ子どもたちの心の窓から、私が学んだことは大きいと思うけれど、それなら、そこから技を学べば、子どものための傑作ができるかといえば、そうはいえないから、むずかしい。

子どもの本は、つくられるというよりも、幼児と共に（自分のなかの幼児でもいい）何事かにぶつかり、共に喜んだり、悲しんだりしたとき、生まれてくるように、私には思われる。先に書いた認知心理学の学説に反するようだが、世の中には、「幼児健忘症」にかかりにくい人間もいるのではないだろうか。

著者と編集者

これは、おもに、子どもの本をつくる時の感想であるけれども、じぶんの著書として原稿を書く場合と、編集者として、出版するものとして原稿を見る時とでは、立場のちがいから、一つの原稿にたいしても、見かたがかなりちがってくるのにおどろく。

前に、私が、どこかの本屋さんに出してもらうつもりで原稿を書いたころには、じぶんの内面の要求に、できるだけ忠実に書き、もしその本が、読者の気にいられないで、売れゆきが悪かったとしても、それはしかたがない、それは、じぶんの負わなければならない運命なのだから、というように考えていた。

ところが、本屋のがわに立ち、売るほうの身になってみると、そうは言っていられないことが多い。どんな良心的な本屋でも、損のない程度には売らなければならないし、まず何よりもよく読者にわかってもらわなければならない。そのために、著者に注文がつけたくなることも、たびたびある。

著者によっては、このような注文を「失礼」ととる人もある。（もっとも、売らんかなの、ずいぶん失礼な注文をだす本屋さんもあるという話をきくのであるが、そういうのは、いま例外にしておく。)

私も前に、じぶんの原稿に、いろいろしるしがついてきた時など、大いに心が平《たいら》かでなかったおぼえがある。そして、原稿をそのように書いたについては、じぶんに十分の理由があると考えた。

ところが、ここ何年か、編集者という商売をやってみて、前にうけた注意を思いかえしてみると、一つ一つが、かなり痛く身にしみるのである。前には、じぶんは、あくまで自分にきびしく、しかも忠実にやっていたつもりでも、そこをもう一つ掘りさげてみると、ひとりがてんや、なくもがなの「しゃれ気」がなかったかどうか。

そう考えてくると、じぶんひとりの中にたてこもって、何年かこつこつ書きつづけることよりも、ここ三、四年の編集の仕事が、大きな勉強であったことを、ありがたく思わずにいられない。つまり、本を売る身になって、じぶんをはなれじぶんの書いたものを客観的に見る修業が、いく分でもできたように思われるのである。

岩波少年文庫の編集に携わっていた頃

本をつくる

しばらくまえ、ある子どもの名作物の全集を編集している人が訪ねてきて、熱心に話していった。その熱心な話というのは、「××社さんの全集公表発行部数は○十万ですが、じつは、○万くらいのようです。どうもあの××社さんのビニール・ケースは、ねらったほど評判がよくないようでした。」というようなことだった。私が、本の中味の話をしようとすると、その人は、するりするりとすりぬけて、部数や全集合戦の相手の会社の内容にもどってしまうのである。

石けんやキャラメルを売るのなら、まだわけがわかるけど、「本」をつくっている以上、箱だの、売れた数だけが、どうしてそんなに大事件なのか、私にはふしぎであった。

しかも、この全集というのが、ふしぎなことに、これが一ばんいいというのがない。あとからあとから出てきて、前のは、消えてゆく。これで「本」をつくるといえるのだろうか。

こういうときいつも、ボストンで会ったリトル・ブラウン社の児童部編集者のMさんのことばを思いだす。かの女は、ある新人作家の原稿の納得できない点について、その作者との間に何往復かした手紙を見せてくれて、「編集者は、自分では書けないかもしれません。けれども、原稿の作品を見たら、その質と、出来不出来がわからなくてはだめなのです。時によると、作者よりも、作者の資質を見ぬくことがあるのですね。そして、一年に一人でも新しい作家を発見し、一冊でもアメリカの生んだ本としてあとに残るものを作り、年々つみあげてゆく、これが私たちの一ばんの喜びなんです。」といった。

私の一冊『ノンちゃん雲に乗る』

〝ノンちゃん雲に乗る〟という本は、私にとって、説明にこまる本である。

だれでも、一冊の本を書くくらいのものは、胸のうちに持っているといわれるけれど〝ノンちゃん〟は、私にとってそんな本であるらしい。戦争の末期にごく自然発生的に生まれてしまったこの作品を、いまさら、こういうつもりで書きました、こういう手法を用いましたなどといえば、うその方が多くなるだろう。

あれを書くのには、六カ月くらいかかったろうか。そういうことも、二十何年もたってしまったことだし、日記もあまりつけていないから、はっきりしない。ただ〝ノンちゃん〟と、はっきり頭の中で重なっている事実は、私がそのころ、いまも住んでいる荻窪のおなじ場所にあった、山小屋のような小さな家に一人で住んでいたことである。庭は、野菜畑になり、私は、おとなりの人たちと朝から晩まで働いた。しかし、私の心の欲する種類のものは、国や世間の目から見れば、いけないことになっていたので、私は屈託しきっていた。

『ノンちゃん雲に乗る』
1947 年、大地書房

『ノンちゃん雲に乗る』
1951 年、光文社

空が青く、雲が白く（あんなに心にしみる青い空や、白い雲をその後見たことがない）私は、ときどき、小さいベランダに立ちつくして、空を仰いで酸素不足の金魚みたいにあっぷあっぷした。すると、何かがひたひたと体にみなぎってきて、体じゅうが透明になったような気がしたりした。山本五十六元帥の死をラジオで聞いたのも、ベランダの手すりにすがって、空を見ていた時である。

そのうち、ある時、私は、数人の友人のためにお話を書こうと思いついた。いま考えてみると〝ノンちゃん〟は、それよりずっと前から、少しずつ心にたまってきていたのだと思うけれど、書きだしたら、形も何も考えにいれずに、どんどん出てきた。書いただけずつ、友人のところに送ったら、たのしがって読んでくれた。

戦後、その原稿をどうしたかと聞いてくださったのは、故吉田甲子太郎《きねたろう》さんで、これを本にするため、骨を折ってくださったのが、藤田圭雄《たまお》氏である。お二人が、手をのべてくださらなかったら〝ノンちゃん〟はいまも、私だけのひとりっ子として、箱の中にねむっていたかもしれない。この本には、いまの私からは、私なりの文句もあるけれど、一度生まれてしまったものの、鼻がひくかったり、頭が大きすぎたりしても、私にはどうすることもできない。ひとりっ子は、ひとりだちして旅に出かけてしまったという感じである。

三ツ子の魂

「どうして子どもの本を生涯の仕事に選んだのですか」と訊かれることがたびたびある。「え？　私が子どもの本を選んだ？」と、私の方が驚くのである。私にそういう意識はちっともない。

遥かな道をふりかえってみると、幼い日の光景がよみがえる。祖父の大きなあぐらの中にすっぽりおさまり、頭の上から聞こえてくる昔話や世間話に耳をすまし楽しんでいる三、四歳の女の子……。祖父は浦和の中山道沿いで金物屋を営んでいた。銀行員の父は多忙、十一人の家族の世話と店の手伝いで一日中働き通しの母。六人きょうだいの末っ子の私は、祖父の話を聞いて育ったのだ。

女子大卒業前ころ、友人に紹介されて菊池寛氏の依頼で英米の通俗小説を要約するアルバイトをしたが、この時期に自分の好む文学はどのような質のものかをおぼろげに自覚した。文藝春秋社には数年いたが雑誌の仕事が身に合わず、当時新潮社で山本有三、吉野源三郎両氏が準備を進めておられた「日本少国民文庫」の編集に携わり、子どもに物事を伝える言葉と取りくんでいるうちに西洋の児童文学の面白さを知り、気がつけば私自身が物語を紡いでいた。——書けばきりがないが、そうした時々の偶然の縁《えにし》に導かれ、今日まで子どもの本とともに歩みつづけてきた。

先日、幼いころの様子を話していたとき、「三ツ子の魂百まで、ですね」と相手に言われ、ああ、ほんとうにそうだと思った。「子どもの本」は根源的な「人間の本」であるという私の信念は、あの祖父の懐ですでに私の内に生まれていた気がしてならない。百歳を目前にしたいま、私はだれよりも深くこの言葉に感じ入っている。

解説　「新しいおとな」は出現したか？

松岡享子

石井桃子は、生前子どもの読書についての本を二冊著《あら》わしている。一冊は、一九六〇年に国土社から出た『子どもの読書の導き方』であり、もう一冊は、一九六五年に岩波新書として出版された『子どもの図書館』である。後者は、二〇一五年に『新編子どもの図書館』として、岩波現代文庫の一冊に加えられ、今でも読むことができるが、前者は、すでに入手不可能になっている。こうした中、石井が折々に新聞・雑誌等に発表した子どもの読書に関するエッセイを集めた本書は、先の二著につぐ貴重な〝子ども読書論集〟となっており、読みやすい文庫本の形での刊行を歓迎したい。

本書に収められたエッセイは、そのほとんどが一九五〇年代後半から、六〇年代の終わりにかけて書かれている。この十数年は、石井が子どもの読書と図書館に強い関心をもち、そのための活動に多くの時間と力を注いだ時期であった。自宅でかつら文庫という子どものための小さな図書室を開いたのが一九五八年。その一年前には、同じような家庭文庫を開いていた村岡花子、土屋滋子らと「家庭文庫研究会」という会を結成して活動をはじめている。(その会の活動の様子は、本書の「家庭文庫研究会会報」で読むことができる。) そして、一九六五年には、かつら文庫の最初の七年間の記録をもとにした『子どもの図書館』が刊行され、大きな反響を呼ぶ。

もともとは、翻訳家、作家、編集者として、本をつくる側に身を置いていた石井が、子どもと本を結ぶ仕事、具体的には子どもに対する図書館活動に関心を寄せるようになったのは、一九五四年八月から一年間、ロックフェラー財団の研究員として、アメリカへ留学した経験によるところが大きい。このとき、石井は、アメリカ、カナダ、イギリスなど各地で、数多くの子どもの本の関係者に会い、児童書出版の現状を視察し、大学院で児童文学の講義を受けるなどしたが、特に、石井の注意をひいたのは、訪問する先々で見た先進的な公立図書館の児童サービスであった。

そこでは、専門の教育を受けた児童図書館員が、子どもたちに直接本を手渡すのはもちろん、本に対する子どもの反応を観察して、知識を蓄え、それを児童書の出版社へフィードバックする。また、子どもたちが喜んでくり返し読む本を、毎年買いつづけることで、安定したマーケットとして機能し、質のよい出版活動を支える。その実際を目の当たりにして、石井は、質のよい出版を支えるには、児童図書館（公立図書館の児童室）の存在が欠かせないことを深く認識する。

石井が帰国した当時の日本の公立図書館は、数も少なく、子どもに対するサービスもほとんど行われていない状況であった。そこで、小仕掛けではあっても、「子どもと本を一つところにおいて、そこにおこるじっさいの結果を見てみたい」と、自宅を近所の子どもたちに開放し、自身の蔵書数百冊をもとに小規模な図書室、家庭文庫の開設に踏み切る。本書に収められているエッセイの多くは、石井が開いたこの「かつら文庫」での子どもの様子をもとに書かれている。

石井は、かねてから「児童文学といわれるものを書こうとしたり、訳したり、子どもの本の編集をしたりしながら、直接、それを読むじっさいの子どもとの交渉が少ないため」「子どもがどんな本をじっさいに喜ぶか、どんなことがどんなふうに書いてあれば、子どもにおもしろいかということがわからない」不安を感じていた。かつら文庫で、何より石井がしたかったのは、子どもから学ぶということであった。（ほんとうに石井は、生涯を通じて学ぶことの大好きな人であった。）そして、石井は、文庫の子どもたちから学んだことを、本書に収められたエッセイによって、惜しみなくわたしたちに分けてくれている。

よい子どもの本をつくりだすためには、子どもの心を知らなければならない。石井は、本書のなかで、尊敬するカナダの児童図書館員の先達リリアン・スミスの、「私たちおとなが、子どもの心をうかがい知る道は、私たち自身の記憶と想像力と観察にある」ということばをくり返し引いて、「つくづくその真実さにうたれないわけにはいかない」と、述べている。

石井の『幼ものがたり』を読めば、石井がどんなに鮮明に、繊細に自分の幼時の記憶を保っているかがわかるし、創作や翻訳作品を読めば、やわらかくのびやかな想像力を感じないではいられない。そして、観察ということになれば、本書のエッセイの随所に、子どもを見る石井の観察の目の細やかさ、的確さ、あたたかさを見ることができる。石井の耳もまた、子どもの洩らすほんとちょっとしたことばをキャッチして、そこから子どもの〝秘密の世界〟へ分け入っていく。

これらのエッセイは、別々の新聞や雑誌に、別々なときに書かれたものであり、基本的には一般の人向けにやさしく書かれた短い文章で、一見ばらばらのように見えるかもしれない。しかし、実は、本書は、子どもにとっての読書の意味、子どもを本の世界に導き入れる手立て、すぐれた児童文学の備えていなければならない条件、児童図書館の必要性と、その望ましいありよう、さらには、お話を語ること（ストーリーテリング）の要諦《ようてい》にいたるまで、子どもの読書について網羅的に論じたすぐれた参考書といえるものだ。多くの資料からこれだけのものを丹念に探し出し、石井の主張がしっかりと伝わる形に構成した編集者の労を多としたい。

書かれたのは半世紀も前のことになるが、内容は少しも古くなっていない。古いどころか、図書館員という、一つの国の文化にとって大きな意義をもちうる仕事が尊重されず、児童図書館員の身分が確立されていない状況は、五十年経った今でも変わっておらず、石井の訴えがさらに痛切にひびく。生活のなかで自然に受け継がれていた伝統が、農村でさえ途絶えていて、自分のまわりの自然に目も向けず、親や家族から昔話を聞くこともなく育つ子どもたちが、「いままで日本人の中に伝わってきた知恵から根こぎにされて、その時どきに感覚的な勘にたよって生きていくように」なったら、とんでもないことになりはしないかという石井の恐れもまた、ますます差し迫ったものになっている。

それでも、石井の書くものには、希望が残されている。一九六六年、石井は、新聞の連載に「子どもといっしょに笑い、子どもといっしょに胸をうずうずさせることのできるおとなが、身辺にだんだんふえてきているような気がする」と書き、そんな「新しいおとな」から、「日本にも、［ほんとうに子どもの心にひびく　筆者注］子どもの話がふきこぼれるように出てきそうな気がしてしかたがない」と、述べた。そんなおとなは、ほんとうにふえているのであろうか？

（翻訳家、東京子ども図書館名誉理事長）

初出一覧

私の読書『図書新聞』一九五二年一月一日、図書新聞
子どもにとって、絵本とは何か『學鐙』一九六五年十月、丸善／『石井桃子集7』一九九九年、岩波書店
幼い子どもと絵本を結びつけよう『芸術教育』一九六七年三月、芸術教育研究所内芸術教育の会
幼児の記憶と思いあわせて『母の友』一九六八年十一月、福音館書店
子どもたちの選ぶ本『朝日新聞』夕刊、一九六四年六月九日、朝日新聞社

＊

ひとりひとりの子ども『母のひろば』一九七五年十二月、童心の会
大人になって『教育美術』一九五三年三月、教育美術振興会
子どものすがたの内と外『保育の手帖』一九六〇年十一月、フレーベル館
親と子のつながり『親と子』一九五七年四月、東京民生文化協會
子どもとマス・コミ『教育評論』一九五九年四月、日本教職員組合教育文化部
いろいろな子どもたち『泉』一九五六年四月、日本女子大学
戦争を子にどう話すか『東京新聞』一九六二年八月十五日、中日新聞社
「えたいの知れない」子どもたち　初出不詳、一九五七年八月

＊

家庭文庫研究会会報『家庭文庫研究会会報』一九五八年一月〜一九六五年二月、家庭文庫研究会
とびたとうとする鳥（一号）／自分の子（二号）／「オット」の話（四号）／うてば、ひびく（六号）／この一年（八号）／よい本を、もっとたくさん（十号）／おとなはじっとしている（十二号）／読書の第一歩（十四号）／あるおもしろいブック・リスト（十六号）／ねばりづよい前進（十八号）／われらの絵本　第二弾（二十号）／子どもの本を子どもに直結させよう（二十八号）／たのしい読書（三十一号）／最近うれしかったこと（三十四号）／春の東京だより（三十七号）／「家庭文庫研究会会報」を終えるにあたって（四十一号）
ファンタジーについて『家庭文庫研究会会報』一九六三年九月〜一九六四年十月、家庭文庫研究会
本棚『母の友』一九五八年四月〜十月、一九五九年十月、十一月、福音館書店

四月の本棚（五八年四月）／幼児と民話（五八年五月）／幼児と民話つづき（五八年六月）／子どもの頭のなかで（五八年七月）／社会のなかの子ども（五八年八月）／おはなしのしかた（五八年九月）／「お話」問答（五八年十月）／子どもとお話（五九年十月）／おとなのまちがい（五九年十一月）

＊

子供の図書館白林少年館の企について『女子青年界』一九四一年五月、基督教女子青年会日本同盟
「かつら文庫」三ヵ月『教育じほう』一九五八年七月、東京都新教育研究会
「かつら文庫」一年記『図書』一九五九年七月、岩波書店
本を通してたのしい世界へ『図書』一九六〇年十二月、岩波書店
S君の読書歴『愛育心理』一九六〇年十二月、井荻児童研究所
児童図書館への願い『図書館雑誌』一九六四年十月、公益社団法人日本図書館協会
たいせつな児童図書館『ひびや』一九六七年二月、都立日比谷図書館

＊

夏休みの読書『土曜評論』一九五二年七月二十六日、杉並文化協会
うつつをぬかす本『家庭文庫協会報』一九六〇年、家庭文庫協会
私の「嵐が丘」『文庫』一九六〇年七月、岩波書店／『石井桃子集7』一九九九年、岩波書店
日本語『図書』一九五〇年七月、岩波書店

＊

子どもの心子どもの本『朝日新聞』一九六六年一月三十日～二月四日、朝日新聞社／『石井桃子集7』一九九九年、岩波書店
（記憶とよばれるもの　は除く）
秘密な世界（一月三十日）／記憶とよばれるもの（二月二日）／幼児の好奇心（「環境は訴える」を改題）（二月三日）／新しいおとな（二月四日）
おしらせ『おしらせ』一九七四年四月、七月、一九七九年一月、東京子ども図書館
子どもの心にエンジンのかかるとき（七四年四月）／語り手マーシャ・ブラウン（七四年七月）／生きているということ（七九年一月）
こどもとしょかん巻頭随筆『こどもとしょかん』一九七九年四月～一九八〇年十月、一九九五年七月、東京子ども図書館

未知の友だちとの交信（七九年春）／あふれ出る本（七九年夏）／瀬田貞二さんを悼む（七九年秋）／本をつくる人（八〇年冬）／ことばから叫びへ？（八〇年春）／待合室（八〇年夏）／触れあい（八〇年秋）／子どもの一年（九五年夏）

＊

子どもの本のあいだでさまよう『文藝』一九九六年二月、河出書房新社
著者と編集者『新刊ニュース』一九五四年四月、トーハン
本をつくる『図書』一九六六年十月、岩波書店
私の一冊 ノンちゃん雲に乗る『毎日新聞』一九六七年十一月五日、毎日新聞社
三ッ子の魂『図書』二〇〇七年三月、岩波書店

○表記は、新字新かなづかいに改め、読みにくいと思われる漢字には、ふりがなをふった。
○本文は、原文を尊重して用字・用語の不統一については原則としてそのままとしたが、明らかな誤記・誤植と思われるものは訂正した。
○今日では不適切と思われる語句・表現については、作品発表時の時代的背景と著者が故人であることなどを考慮して、原則として原文どおりとした。（編集部）

＊本書は二〇一四年三月に小社より刊行された単行本をもとに、新たに数篇入れ替え、再編集したものです。

編集
大西香織
協力・写真提供
公益財団法人 東京子ども図書館

新《あたら》しいおとな

二〇一八年 五 月一〇日 初版印刷
二〇一八年 五 月二〇日 初版発行

著　者　石井《いしい》桃子《ももこ》
発行者　小野寺優
発行所　株式会社河出書房新社
〒一五一－〇〇五一
東京都渋谷区千駄ヶ谷二－三二－二
電話〇三－三四〇四－八六一一（編集）
〇三－三四〇四－一二〇一（営業）
http://www.kawade.co.jp/

ロゴ・表紙デザイン　粟津潔
本文フォーマット　佐々木暁
本文組版　株式会社キャップス
印刷・製本　中央精版印刷株式会社

Printed in Japan　ISBN978-4-309-41611-3

石井桃子記念 かつら文庫 ごあんない

かつら文庫は、子どもたちがくつろいで自由に本が読めるようにと願い、石井桃子さんが 1958 年にはじめた小さな図書室です。のちに東京子ども図書館へと発展し、現在はその分室として活動しています。地域の子どもたちへの本の読み聞かせや貸出のほか、石井さんの書斎の見学など、大人の方たちにもご利用いただける施設として、みなさまをお待ちしています。

1960年頃のかつら文庫　石井桃子さんと子どもたち

●所在地　〒 167-0051　東京都杉並区荻窪 3-37-11

●お問合せ

公益財団法人 東京子ども図書館

〒 165-0023　東京都中野区江原町 1-19-10

Tel.03-3565-7711　Fax.03-3565-7712　URL http://www.tcl.or.jp

＊開館日等の詳細はお問合せ下さい